das kind meiner mutter

florian burkhardt

das kind meiner mutter

roman

WÖRTERSEH

*Wörterseh wird vom Bundesamt für Kultur mit einem
Strukturbeitrag für die Jahre 2016 bis 2020 unterstützt
und dankt herzlich dafür.*

Lektorat und herstellerische Betreuung: Andrea Leuthold, Zürich
Korrektorat: Claudia Bislin, Zürich
Foto Umschlag: Privatarchiv
Umschlaggestaltung: Thomas Jarzina, Holzkirchen
Layout und Satz: Beate Simson, Pfaffenhofen a. d. Roth
Druck und Bindung: CPI – Ebner & Spiegel, Ulm

Print ISBN 978-3-03763-079-2
E-Book ISBN 978-3-03763-628-2

www.woerterseh.ch

Meiner Familie und meinem
Partner Van Manh Nguyen gewidmet

illusion

tod im spielparadies

Ich verstand nicht, wieso wir so weit weg in den Urlaub fahren mussten. Südfrankreich, sagte meine Mutter. Sie hatte extra Kaugummi gegen die Übelkeit im Auto gekauft. Ich saß hinten mit meinem elf Jahre älteren Bruder im froschgrünen Sportauto meines Vaters. Er und meine Mutter trugen große Sonnenbrillen, mein Bruder las in einem Buch. Die Sonne brannte durch die Fenster, und durch irgendwelche Öffnungen strömte von vorn frische, aber sehr warme Luft. Das Schlimmste am Autofahren war der Geruch: der süße Duft der Ledersitze, gemischt mit dem Gestank nach Benzin. Es war klar, irgendwann war mir übel. Meine Mutter gab mir einen Kaugummi. Es half nichts. Tief durchatmen, sagte sie. Ich atmete die heiße Benzinluft tief ein. Ich machte auch die Augen zu, aber das war zu viel, sobald ich die Welt nicht mehr sah, war die Übelkeit noch mächtiger. Ich legte mich auf den Boden, es war eng da hinten, aber ich konnte nicht mehr sitzen. Gehts?, fragte meine Mutter. Nein, sagte ich. Sie hieß meinen Vater anhalten. Auf der Schnellstraße neben einer Wiese. Die anderen Autos zischten an uns vorbei. Was für eine Geschwindigkeit. Ich stürzte aus dem Wagen und sog die frische Luft ein, noch bevor ich mich auf den heißen Asphalt setzte.

Ist es noch weit?, fragte ich. Es dauert noch ein bisschen, sagte mein Vater – doch meine Mutter meinte, es gehe nicht mehr lange. Sie hielt die Karte auf ihrem Schoß, während mein Vater fuhr, aber sie verlor schnell den Überblick, wo wir sein könnten. Ich betrachtete die Welt, die an uns vorbeirauschte. Ist das Frankreich?, fragte ich. Ja, sagte mein Bruder. Wir sind bald da, sagte meine Mutter. Dann sah ich diese Pracht. Die gelbe Armee von Blumenköpfen, die auf hohen Stängeln alle im selben Winkel die Gesichter gegen die Sonne hielten. Sonnenblumen, hier hat es viele Sonnenblumenfelder, sagte mein Vater. Da habe ich mich das erste Mal verliebt. Was für mächtige, stolze Gestalten. Und es wurden immer mehr. Ich vergaß, dass mir übel war, und weil wir nicht mehr so schnell fuhren, konnte meine Mutter ihr Fenster ein Stück hinunterdrehen, sodass mir der Fahrtwind das Benzin aus der Nase nahm.

Mein Bruder hatte mir erzählt, dass Frankreich am Meer liegt. Aber das Meer sah ich auf der Fahrt und während des ganzen Urlaubs nie. Dabei hatte ich mich so auf das Meer gefreut, auf die Möwen, Segelschiffchen und Matrosen. Dafür gab es Eis mit Erdbeergeschmack, unterwegs beim Zwischenstopp in einem der kleinen Städtchen, durch die wir fuhren. Die Straßen wurden kleiner, die Häuser weniger, und irgendwann bremste mein Vater und sagte: Hier müsste es sein. Mein Bruder sah von seinem Buch auf, und ich hatte keine Ahnung, was mein Vater meinte. Hier war nichts. Ich war zu klein, um die zwei Radspuren zu sehen, die von der Straße abgingen, also dachte ich, dass mein Vater jetzt einfach so in die Natur fuhr, um einen Baum herum, zwischen Gebüschen hindurch. Irgendwann sah ich das Hausdach. Wir machen Urlaub auf einem Bauernhof, hatte meine Mutter zu mir gesagt. Was hieß das? In einem Haus von und mit fremden Menschen? Nun gut, hatte ich gedacht, das Haus ist in Frankreich, und Frankreich liegt am Meer. Mein Vater parkte den Wagen neben drei andere Fahrzeuge. Eine Frau kam aus dem Haus gerannt und rief etwas, das ich nicht verstand. Das ist Französisch, sagte mein Bruder, stieg aus und ließ mich als Letzter im Auto zurück.

Die Woche auf dem Bauernhof verbrachte ich oft im Auto. Aber nicht in dem meines Vaters. In der Wildnis, die das kleine Anwesen umgab, hatte ich auf einer meiner Erkundigungstouren ein altes Auto entdeckt. Die Streifzüge durch das hohe Gras und die Büsche waren schon Abenteuer genug, denn es gab hier Schlangen, wie mein Bruder mir erzählt hatte. Keine giftigen, beschwichtigte mein Vater. Trotzdem schwang ich einen Stock vor mir her, klopfte den Boden damit ab und stocherte herum, um sie zu vertreiben. Meine dünnen, nackten Beine gaben bestimmt eine leckere Zwischenmahlzeit für die möglicherweise riesigen und hungrigen Tiere ab, doch es war einfach zu heiß, um zum Schutz lange Hosen zu tragen. Zu meiner Sicherheit unterhielt ich auch ständig Kontakt zum Hof. Meine Mutter rief regelmäßig meinen Namen, worauf ich Ja schrie, mal von rechts, mal von hinter dem Haus. Sie lag auf einem Liegestuhl, leicht bekleidet, mit Riesensonnenbrille und Hut, blätterte in Zeitschriften und nippte hin und wieder durch einen Strohhalm an einem Getränk.

Als ich das Autowrack in den Büschen entdeckt hatte, rannte ich aufgeregt zum Haus, um Bruder und Vater mein Fundstück zu zeigen. Damit fuhren sie bestimmt früher zum Markt, sagte mein Vater. Das Auto war nicht größer als das meiner Mutter, aber es hatte hinten einen kleinen Frachtraum. Mein Bruder wollte sich auf den Fahrersitz setzen, aber zuerst musste ich mit meinem Stock noch ordentlich Lärm im Fahrzeug machen, wegen der Schlangen. Meine Mutter rief vom Liegestuhl aus, was da los sei. Aber ich hatte keine Zeit, zu antworten. Ich kletterte über das Loch im Boden auf den sonnengewärmten Fahrersitz und legte ehrfürchtig meine Hände ums Steuerrad. Das war jetzt mein Auto, und ich war bereit, damit loszufahren, ans Meer. Dass das Gefährt nicht mehr funktionierte, spielte keine Rolle. Nicht in meiner Welt.

Im Auto meines Vaters fuhren wir zwar nicht ans Meer, aber immerhin auf den Markt. Sieh mal, sagte meine Mutter. Und ich sah zwischen den Ständen mit dem Obst und Gemüse, zwischen den stämmigen Männern und älteren Frauen etwas, was mein wichtigstes Fundstück werden sollte auf dieser Reise. Es war ein Käfig mit Zwergkaninchen. Ich rannte hin, schaute und staunte, wie die kleinen Tiere schnüffelten, guckten und gemütlich mit kleinen Sätzen von einer Ecke in die andere hüpften. Meine Mutter kaufte mir eines. Und machte damit die Rückreise in die Heimat zu einem Abenteuer, auf das mein Vater gern verzichtet hätte.

Das Zwergkaninchen kletterte im hinteren Teil des Autos herum, während die Armee der Sonnenblumen vorbeizog. Mein Bruder hatte sein Buch in der Tasche gelassen, es war nicht so heiß im Wagen, und ich litt kaum. Das Kaninchen wirkte besser gegen Übelkeit als der Kaugummi.

Die Straßen wurden breiter, und meine Mutter erklärte mir, dass man an der Stelle, wo Frankreich aufhört, von Männern angehalten werde. Diese Männer schauten, dass man keine Tiere ins nächste Land mitnehme. Deshalb mussten wir das Zwergkaninchen verstecken, in einer Schachtel, unter einer Decke, zwischen den Beinen meiner Mutter. Meine Eltern trugen ihre großen Sonnenbrillen, und ein Mann mit Mütze schaute in den Wagen. Die Zeit blieb stehen. Als wir weiterfuhren, lachte meine Mutter und reichte mir das zapplige Kaninchen wieder nach hinten. Wir tranken Fruchtsaft und aßen Brote, bis ich die Welt außerhalb des Autofensters wieder kannte.

14

Die Berge mit dem König aller Berge, einem von scharfen Spitzen gekrönten Riesenpudding, vor dem der See lag, den wir entlangfuhren, um dann abzubiegen, eine kleine, steile Straße hinauf, die sich den Hang hinaufschlängelte. Nach der dritten Kurve ging ein Weg ab, der zu einem Bauernhof führte. Im Winter rodelten wir dort hinunter. Mein Vater hatte den Weg einmal gemalt, mit meiner Mutter auf dem Bild, in rotem Mantel, mit rotem Hut. Sie lief diesen Weg hinauf, wenn sie sich die Beine vertreten wollte. Und wurde immer kleiner, bis sie nur noch ein roter Punkt war, der fast in der Weite der Wiese verschwand. Mein Vater sagte, dass er auf dem Bild die Schönheit meiner Mutter einzufangen versucht habe. Sie ist wunderschön, sagte er und schaute mich mit seinen wässrig blauen Augen an. Manchmal nahm mich meine Mutter mit, bis dorthin, wo einen der Hund vom Bauernhof begrüßte, wild kläffend hin und her jagend.

Mein Vater lenkte den Wagen um die letzte Kurve und fuhr an einer Reihe Garagen vorbei, bis die Straße bei einem kleinen Wendeplatz endete, dort, wo der Wald anfing. Wir parkten hinter dem orangen Auto meiner Mutter, stiegen aus und sahen unter uns die Welt ausgebreitet. Die Berge, deren Kronen gegen den Horizont hin immer kleiner wurden. Direkt vor uns der See mit den Booten, am Sonntag am blauen Himmel die Heißluftballons, in denen Menschen still über die Gegend schwebten. Nur hin und wieder war ein Fauchen zu hören.

Hinter uns erhoben sich die Terrassenhäuser, das obere Ende des Hügels markierend, jeweils fünf übereinander, wie breite, flache Klötzchen, gestapelt nach hinten verschoben, sodass bei jedem Haus eine große Terrasse Platz hatte. Das zweite von unten bewohnten wir, und weil wir Koffer und ein Kaninchen dabeihatten, nahmen wir den Lift, der eigentlich eine Bahn war. Von einem Seil gezogen, führte sie auf Schienen schräg unter der Treppe hoch. Ich freute mich, wenn wir sie benutzten, denn es war wie in einer Geisterbahn, wir rumpelten und schwankten durch den Untergrund. Oben stieß man die schwere Metalltür auf und stand in einem kleinen Garten, der zur Wohnungstür führte. Unser Heim, umgeben von einer großen Terrasse, mit der Schaukel, dem aufblasbaren Plantschbecken, einem Sandkasten voller gelber Plastikbagger, dem Pingpongtisch für die Großen. Und schon bald auch mit ein paar stolzen Sonnenblumen. Ein bisschen Frankreich im Schlossgarten, dachte ich. Direkt neben den Tulpen, die aus den Niederlanden kamen, wie mein Bruder mir erklärte. So kam auf unserer Terrasse die Welt zusammen.

Eine perfekte Märchenwelt, bis im Schlossgarten etwas starb, das Kaninchen, von mir erwürgt. Der Tod erschütterte meine Kinderwelt. Gerade hatte es sich noch so lustig gekratzt, jetzt lag es ausgestreckt und leblos auf dem Boden der Terrasse.

In meinem Spielparadies, wo ich der Prinz war und sich alle bemühten, mich bei Laune zu halten. Die Mutter war mein Freund und spielte mit mir ein kleines Raubtierspiel: Ich war der Tiger, sie der Löwe. Und so umkreisten wir uns auf allen vieren und wühlten uns sanft ineinander. Sie sagte: Ich bin der Löwe, weil ich faul bin. Und ich sagte: Ich bin der Tiger, weil ich gefährlich bin. Mein Vater war mein Vorleser. Jeden Abend saß er an meinem Bett, spannende Abenteuer vortragend, die mich in den Schlaf begleiteten. Mein Bruder war der Unterhalter. Er erklärte mir, wie es auf der Welt zu- und herging und wieso alles so war, wie es war. Er war auch der Architekt meiner Spielwelt. Er installierte die kleine Seilbahn, die von meinem Zimmer zum ersten Baum des Waldes führte. Er baute mir im Winter auf der kleinen Wiese zwischen Haus und Wald ein Iglu. Er sorgte dafür, dass unsere Zimmer mit Büchsentelefonen verbunden waren. Auch konstruierte er aus Legosteinen riesige Brücken und Kräne, baute aus Schachteln einen Panzer, aus dem ich aus einer Luke meinen Kopf strecken konnte. Er zog mich mit einem von ihm fabrizierten Kistenauto hinter sich her, ich stolz an einem kleinen Steuerrad drehend. Vor dem Schreibtisch meines Vaters baute er ein Puppentheater auf, vor dem ich saß, während er die Figuren agieren ließ. Er legte für mich die Gleise der Spielzeugeisenbahn durch das Wohnzimmer oder stellte alle Stühle in eine Reihe, damit wir Bus spielen konnten. War er nicht zu Hause, kaufte meine Mutter bei meiner Spielpost Briefmarken oder in meinem Kinder-Krämerladen Salz. Legte sie sich wie jeden Nachmittag auf das Sofa für ihr Löwennickerchen, blieben mir immer noch die Puppen, Stofftiere, das Schaukelpferd, der Plastiktraktor, die Schlümpfe oder das Zelt, das auf der Terrasse stand.

Und das Zwergkaninchen, das ich so sehr liebte, dass ich es erdrückte. Es war so klein, so flauschig, so warm, so lebendig. Und meine Liebe so groß, dass ich es einfach an mich drücken musste. So sehr, dass es schlaff aus meinen Händen auf den Boden fiel, als ich die Einverleibung aufgab. Und man mir erklärte, dass es tot sei. Ich wusste nicht, was es bedeutete, tot zu sein, ich wusste nur, dass sich das Kaninchen verändert hatte.

Dein Bruder ist auch gestorben, sagte meine Mutter und holte aus ihrem Schlafzimmerschrank eine Wollmütze mit einem großen Loch. Ich wusste nicht, was sie mir mit dieser Mütze sagen wollte. Er ist vor deiner Geburt gestorben, erzählte meine Mutter, vielleicht klang sie traurig, vielleicht nicht. Sie sagte, dass er ein Engel gewesen sei und schon in den Himmel zurückmusste. Einerseits, weil er zu gut für die Welt war, andererseits, damit ich geboren werden konnte. Denn, so meinte sie, ich sei etwas Besonderes und habe eine besondere Aufgabe auf dieser Welt. Ich hätte Gott gebeten, zu ihr zu kommen. Das hatte ich ihr offenbar einmal erzählt. Ich konnte mich nicht daran erinnern. Aber wenn meine Mutter das sagte, musste es so sein. Sie erklärte, dass sie und mein Vater nicht mehr als zwei Kinder haben wollten, also musste zuerst eines weg, damit Platz für mich war. Sie gab mir damit die Macht über Leben und Tod, noch bevor ich geboren war. So seltsam verwirrend ihre Worte auch waren, auf jeden Fall wusste ich jetzt, wer der Junge war, dessen Bild in einem Rahmen im Wohnzimmer stand.

Weil in einer Spielwelt alles ersetzbar ist, kaufte mir meine Mutter am Tag nach dem Tod des Kaninchens ein neues Tier: ein Meerschweinchen. Es kam nicht wie das Kaninchen aus Frankreich, wie mein Bruder mir erklärte. Es kam aus Südamerika. Das ist noch weiter weg. Und weiter weg war spannend.

Während das Meerschweinchen endlos kauend in seinem Käfig saß, sich einen Strohhalm nach dem anderen einverleibend, konstruierten und bewirtschafteten mein Vater und mein Bruder unser Zuhause. Mein Vater baute echte Flugzeuge, wenn er bei der Arbeit war. Das erzählte mir mein Bruder, der, ihm nacheifernd, selbst schon kleine Motörchen zusammensetzte. Mir kauften sie im Spielzeugladen Kartons mit schönen Bildern von Flugzeugen, Autos und Schiffen drauf. Öffnete ich sie zu Hause, waren zwar jeweils keine Flugzeuge drin, dafür viele graue Plastikteilchen. Meine Hände führend, klebten mein Vater und mein Bruder diese winzigen Teile so zusammen, dass etwas entstand, das, mit Farbe und den mitgelieferten Stickern versehen, wirklich wie das Flugzeug auf der Verpackung aussah.

Sie bauten zusammen die Bühne, die meine Mutter und ich belebten. Während sie bauten und Teilchen zusammensetzten, visualisierten meine Mutter und ich das Unsichtbare. Nie hätten Vater und Bruder über meinen verstorbenen Bruder gesprochen, es schien, als sei für sie nur beachtenswert, was sich selbst konstruieren ließ. Selbst das Kaninchen aus Frankreich wie auch der Ersatz, das Meerschweinchen, waren für sie uninteressant. Meine Mutter und ich konzentrierten uns auf das, was lebte. Wir lachten, wenn das Meerschweinchen quietschte, wenn es das Rascheln der Tüte hörte, in dem der Salat war. Wir staunten darüber, wie die Ameisen Brotkrümel vom Tisch auf der Terrasse abtransportierten. Wir redeten darüber, welcher Vogelgesang uns besser gefiel, und machten Tiere aus Brotteig, die wir in den Ofen schoben, vor dem ich dann saß und zusah, wie sie aufgingen.

Meine Mutter erklärte mir, dass ich ein Wunderkind sei, ein Künstler. Ein kleiner König, der schon auf den Thron geboren war. Ein Prinz, dem sie nichts beibringen musste, eher lag es an mir, sie zu führen. Oder wie sie es sagte: Ich sei geboren worden, um zu retten. Das klang für mich spannend, wie ein Märchen, mein ganz persönliches Märchen, in dem ich der Held war.

Sie fuhr mich einmal die Woche mit ihrem orangen Auto in die Stadt, wo es eine Malstube gab. Sie zog mir einen weißen Umhang über und führte mich in einen Raum, wo die Wände komplett mit weißem Papier bekleidet waren. Der Boden war mit Plastikfolie überzogen. Ich tauchte die Pinsel in die Farbtöpfe und malte und spritzte die Wände und mich selbst bunt. Als Künstler verewigte ich die Sonne, die Sonnenblumen, unser Haus und unsere Familie. Danach packten wir alles ins Auto, was ich kreiert hatte, und fuhren durch die Stadt, meine Mutter angespannt am Steuerrad, ich winzig auf dem Rücksitz, bis sie den Wagen auf der Kreuzung abwürgte und wir verloren waren. Wie ein Wolfsrudel hatten uns Autos eingekreist und starrten uns mit ihren Scheinwerfern böse an. Meine Mutter versuchte, den Wagen wieder zu starten, und ich nahm sie zum ersten Mal als hilflos und ausgeliefert wahr. Es war eine Situation, aus der nicht einmal ich sie retten konnte. In dieser Welt der anderen, in der Stadt, die mir unendlich groß vorkam, so groß, dass wir uns in ihr verloren und möglichst schnell wieder zurück in die Sicherheit unserer Welt am See kommen mussten. Dort, wo aufgehängt und gepriesen wurde, was ich auf Papier brachte, Meisterwerke, die großartig waren, weil ich sie gemacht hatte. Arbeiten, die für meine Mutter jedes Flugzeug und jede Maschine meines Vaters und meines Bruders in den Schatten stellten.

Einmal las sie mir aus einem bebilderten Buch vor, das von einem kleinen Prinzen handelte. Das war ein Junge, der allein auf einem winzigen Planeten lebte. Zusammen mit einer Rose, die offenbar einzigartig und ziemlich selbstverliebt war. Weil die Rose den Jungen nur für ihre Zwecke benutzen wollte, machte er sich auf die Suche nach echten Freunden. Dazu musste er seine Welt verlassen und durch das Weltall reisen. Auf anderen Planeten lernte er seltsame Erwachsene kennen, bis er auf die Erde kam, wo er einen Fuchs, eine Schlange und zu seiner Überraschung ganz viele andere Rosen traf. In der Wüste begegnete er einem Piloten, der versuchte, sein Flugzeug zu reparieren. Sie unterhielten sich lange, bis der kleine Prinz anfing, seine kleine alte Welt zu vermissen, und zurückreiste, den Körper auf der Erde zurücklassend.

Meine Mutter war so fasziniert von der Geschichte, dass sie beschloss, mit mir zusammen ein kleines Theaterstück darüber zu schreiben. Sie holte eine Schreibmaschine und tippte, an was wir uns erinnerten und was wir gemeinsam beschlossen, was zusätzlich passieren könnte. Und machten damit die Reise des kleinen Prinzen zu unserer ganz persönlichen Geschichte.

Meine Welt reichte unglaublich weit, vom Wald den Hügel hinunter bis an den See. Im Sommer auch auf den See, wenn uns mein Vater mit seinem Motorboot ausführte, am Sonntag, am Himmel die großen Heißluftballons, im kleinen Boot die ganze Familie. Nach der Bootsfahrt lagen wir am Ufer, beim Schilf, die Eltern mit großen Sonnenbrillen, meine Mutter mit Strohhut, mein Vater in einer leuchtend gelben Badehose. Und schauten zu, wie mein Bruder zu windsurfen versuchte, obwohl es keinen Wind gab. Ich hatte mein eigenes kleines Schlauchboot, meine Mutter ihre Zeitschriften, mein Vater die Zeitung und mein Bruder das Surfbrett und ein Buch. Wenn es uns langweilig wurde, setzten wir uns auf die Terrasse des Restaurants, im sanften Kampf mit den Wespen, und schlürften durch Strohhalme Apfelsaft, leicht weggetreten von der Wärme. Am See, zwischen Hügeln, umgeben von den hohen Bergen, die uns vor dem Rest der Welt schützten.

familiengrab

Im Schulzimmer hingen ein Kreuz und die Landesflagge an der Wand. Dazwischen eine Wandtafel, an welcher der Lehrer stand. Bei der Tür war eine kleine Lampe angebracht, die aufleuchtete, wenn im Zimmer nebenan das Telefon klingelte. Der Lehrer, ein weißhaariger Mann in blauem Arbeitskittel, brach mitten im Satz ab und eilte aus dem Raum. War er zurück, leuchtete die Lampe wieder; Tür auf, Tür zu, eilige Schritte im Gang. So ging das, bis wir nach Hause durften. Meine Mutter erklärte es mir so: Das ist Schule ohne Noten. Dein Lehrer hat das erfunden. Deshalb ist er ein gefragter Mann. Was sind Noten?, fragte ich. Sie konnte es nicht so erklären, dass ich es verstanden hätte. Vielleicht wusste sie es selbst nicht so genau.

Die halben Sätze des Lehrers hingen nach dem Aufleuchten des Lämpchens jeweils noch zwei Sekunden im Raum, doch schnell erlosch die Erinnerung daran. Wir Kinder blieben auf den Stühlchen sitzen, an den winzigen Pulten, die gruppiert im Raum standen, meines dem Fenster zugewandt. Ich konnte die Bäume des Schulhofes sehen, die Vögel, deren Gesang am Fensterglas abprallte.

Ich war der Jüngste. Meine Mutter hatte mich zu einem Schulpsychologen mitgenommen, damit ich ein Jahr früher zur Schule gehen konnte. Er hatte mir Bilder und Figuren gezeigt und mit meiner Mutter geredet. Bestimmt hatte er ihr bestätigt, dass ich etwas Besonderes war und deshalb früher als die anderen meinen Platz am Pult einnehmen sollte.

Die meiste Zeit des Unterrichts waren wir allein, die Buchstaben nachmalend, die an der Tafel standen. Stellvertretend für den Lehrer standen auf seinem Pult kleine Engelsfiguren. Das wusste jeder: Unser Lehrer mochte Engel. Die Eltern gaben uns Engel mit, um sie ihm zu schenken. Oder sie übergaben ihm selbst welche, wenn sie uns abholten. Er stopfte sie in seine ausgebeulte Ledertasche und nahm sie nach Hause, denn auf dem Lehrerpult war schon lange kein Platz mehr. Es war überfüllt mit Engeln. Sie starrten mich an, während ich aus dem Fenster schaute.

Aus dem Schulhaus kommend, sog ich die frische Luft ein, die Vogelstimmen erreichten mich wieder, und ich begann die kleine Wanderung zurück durch den äußeren Rand meiner erweiterten Welt.

Sie führte mich direkt durch das Feld, wo die Toten lagen, denn neben dem Schulhaus stand die Kirche mit dem Friedhof, wo auch mein Bruder lag. Vorbei am Brunnen, wo mein Vater nach dem Gottesdienst eine der Gießkannen mit Wasser füllte, um das Grab zu gießen. Der Grabstein meines Bruders war größer und breiter als die anderen; es war eine goldene Metallsonne, die die anderen Gräber überstrahlte. Vor ihr sah ich den Vater sonntags im Gebet versunken, während die Mutter meine Hand nahm. Sie hatte mir vorgelesen, was auf der Inschrift beim Grabstein stand: Geboren, um zu sterben. Gestorben, um zu leben. Mein Vater hatte mir erklärt, dass das nicht nur das Grab meines Bruders, sondern das Grab der ganzen Familie war. Deshalb war es so groß, viel zu groß für den Körper des Sechsjährigen, der da in der Erde lag.

Mitten durch den Friedhof führte der Weg, den ich hüpfend ging. Irgendetwas in mir sagte, dass ich nur jede zweite Platte betreten dürfte. So musste ich mich auf den Boden konzentrieren und war gezwungen, den Blick von den Gräbern abzuwenden. Bis ich vor der kleinen Kapelle stand, wo die Toten bis zur Beerdigung lagen. Rechts von der Kapelle führte zwischen Büschen ein Trampelpfad auf die Straße hinaus, wo einen das Leben wieder umhüllte.

Ich lief die Straße hinunter bis zu einer kleinen Kreuzung, wo das Haus lag, in das im Winter ein Auto gekracht war. Direkt beim Eingang, in die Hauswand, wo die Briefkästen angebracht waren. Man sah nichts mehr davon, das Auto war weg, die Wand wie neu, als wäre nie etwas passiert. Ich bog ab und lief die Straße hoch, die auf den Hügel führte. Ich ließ das Dorf und die Schule hinter mir in der Tiefe versinken. Links und rechts flache Gebäude mit Wohnungen, am Straßenrand Autos, die mich überragten. Unter meinen Füßen der Gehweg, der streng beobachtet werden musste, denn ich wollte weder auf eine dunkle Stelle noch auf einen Abfluss treten. Direkt zur nächsten Kreuzung, wo das auffällige Holzhaus stand, davor zwei, drei Schafe. Manchmal sah ich den Mann, der da wohnte. Er hatte einen langen, struppigen Bart. Rechts ging eine kleinere Straße ab, wurde steiler, um eine Kurve führte sie geradeaus zum Wald, der wie Haare auf dem Hügel wuchs, auf dessen anderen Seite wir wohnten. An diesem Punkt konnte ich sie schon sehen, die zwei größeren Jungs, die auf mich warteten.

Die Jungs und der Wald waren wie ein Graben, den es zu überwinden galt, um zurück in Sicherheit zu kommen. Ich wusste, dass es kein Entkommen gab. Ich hob hin und wieder den Blick, um sie größer werden zu sehen, verlangsamte aber nicht meinen Schritt. Sie verharrten in ihrer Warteposition und sahen mir entgegen. Die Distanz verringerte sich mit jedem Atemzug, die Vögel verstummten, und ich erreichte ihre Hände. Sie schubsten mich hin und her. Ich wehrte mich nicht. Sie sagten nichts, ich sagte nichts. Die Stöße wurden so heftig, dass ich zu Boden fiel. Sie standen über mir, rissen an meinem Schulranzen, zogen ihn über meine Arme und öffneten ihn. Der Ranzen flog durch die Luft, über die Wiese, rechts von der Straße steil den Abhang hinunter. Er drehte sich im Flug und gab sein Inneres preis, schleuderte Füller, Stifte, Hefte und Bücher ins wilde Gras. Der Ranzen schlug auf und rollte hinab bis zu den ersten Bäumen des Waldes.

Die Jungs schienen zufrieden und liefen gegenüber ins Haus. Ich stand auf, stieg die Wiese hinunter und holte meinen Ranzen. Er war wie die der anderen Jungs aus meiner Klasse aus Leder und mit Kuhfell. Das Leder war aber hellgrün, nicht braun, wie es üblich war. Wieso meine Mutter mir keinen braunen gekauft hatte, weiß ich nicht. Ich hätte gern einen braunen gehabt. So wie die anderen.

Im hohen Gras fand ich einen Stift nach dem anderen, den Füller als Letztes. Ich hatte meinen Eltern nie von den Jungs erzählt, die auf mich warteten, nie den Dreck auf meiner Hose erklärt.

Wieder auf der Straße, galt es, das letzte Stück bis zum kleinen Weg zu gehen, der von der sicheren Straße in den Wald führte. In eine Welt voller Geräusche, die ich nicht zuordnen konnte. Hier herrschte ein Wesen, das mich rauben wollte, für immer im Wald gefangen nehmend. Von dieser Gefahr wusste meine Mutter, denn sie stand jedes Mal auf der Terrasse, wenn ich den Weg zur Schule antrat. Sie rief mir etwas Beruhigendes hinterher, bevor mich der Wald in sich aufnahm.

Die Bäume verschluckten das Tageslicht, der Weg war schmal, ein Trampelpfad, das Gefälle stark. Ein falscher Schritt, und man rollte abwärts und überschlug sich wie vorhin mein Ranzen auf der Wiese. Die Welt der Sicherheit hatte hier keinen Zugang, die Bäume stießen aus den Untiefen der Erde hervor und verdeckten den Himmel. Aus dem Halbdunkel wuchsen Geräusche. Die dicken Stämme verbargen, was auf mich lauerte und jederzeit vor mir oder hinter mir auf den Weg springen konnte. Ich hätte mehr Augen gebraucht, auch Augen am Hinterkopf, um zu sehen, wenn mich etwas anfiel. Es blieb mir nichts anderes übrig, als schneller zu sein als dieses Etwas. Wie ein Reh von einer Horde Raubtiere getrieben, flog ich über den Boden, wich den Bäumen aus, sprang über große Wurzeln und hörte hinter mir die Geräusche lauter werden. Im Herbst jagte mir selbst das Laub hinterher. Der Ranzen schlug von hinten wie ein übermächtiger Herzschlag gegen meinen Rücken. Geschwindigkeit war und blieb die einzige Möglichkeit. So hatte der Wald keine Wahl und musste mich auf der anderen Seite wieder ausspucken. Schwer atmend stand ich wieder im Licht, vor mir die Terrassenhäuser und das orange Auto meiner Mutter. Ich spürte die Unruhe des Waldes wie eine dunkle Macht in meinem Rücken. Mit jedem Schritt wurde sie schwächer, und ich ließ sie für den Rest des Tages hinter mir.

Ich stieg die großen Stufen hoch, unter mir der Lift auf Schienen, der weiter oben wieder aus der Erde tauchte, in einen sich schräg neigenden Raum, der mit Gras überwachsen war. Auf beiden Seiten der Treppe befanden sich Geländer, an denen man sich hochziehen konnte, wenn einen die Kräfte in den Beinen verließen, zum Beispiel wenn man durch den Wald gerannt war.

Als ich klingelte, verstummte im Haus der Staubsauger. Die Haushaltshilfe öffnete mir die Tür. Im Eingangszimmer zog ich mir Schuhe und Jacke aus, legte den grünen Ranzen auf den Teppich und sah mich im großen Spiegel vorübergehen, in den riesigen Raum, der verwinkelt Salon, Wohnzimmer, Esszimmer und Büro war. Im Käfig kauerte mein Meerschweinchen, an einem Strohhalm kauend. Ich begrüßte es und dachte einmal mehr, wie schön es wäre, ein Meerschweinchen zu sein. Den ganzen Tag im mit Stroh ausgelegten Käfig zu liegen, zu essen, nichts zu tun. Ich hob den Blick, sah meine Mutter vom Sofa aufstehen, mich anlächelnd. Sie trug eine ihrer Perücken und roch nach dem mir vertrauten Rosenparfüm. Sie sagte nichts wegen meiner verschmutzten Hose und ging in die Küche, die sich hinter einer großen Bar mit im Boden festgemachten Barhockern befand. Sie machte uns Schwarztee, den wir mit Milch tranken. Wir setzten uns an den Tisch mit dem Blumentischtuch. Mir frontal gegenüber, rief meine Mutter nach der Haushaltshilfe, um ihr zu sagen, dass sie erst später weitersaugen solle. Als der Staubsauger verstummt war, fragte sie mich, wie es in der Schule gewesen sei. Dabei fiel ihr ein, dass wir dem Lehrer schon lange keinen Engel mehr geschenkt hatten. Sie sagte: Ich kaufe wieder ein paar und gebe sie dir mit. Und jetzt kannst du noch ein bisschen nach draußen spielen gehen. Ich rufe dich, wenn es Abendessen gibt.

Wenn mich meine Mutter rief, verstummten die Vögel, so laut war ihre Stimme, meinen Namen von der Terrasse in die Welt hinausschreiend. Mein Name durchbrach die Stille, füllte die Bucht des Vierwaldstättersees aus, über dem unser Haus thronte, und prallte an den Wänden der Berge ab. Wie damals in Südfrankreich hielt meine Mutter von der Basis aus Kontakt zu mir, damit ich nicht verloren ging.

Ich war schon bei unserer Garage, zog am Griff, bis sich das schwere Tor etwas hob, zog weiter, bis ich wusste, dass ich es an der Seite greifen konnte. Ich kniete mich auf den Boden, drückte von unten dagegen, bis sich das Tor genug gehoben hatte, dass ich die Garage betreten konnte, in dem sich mein Gokart befand. Ich setzte mich auf den Sitz, suchte mit den Füßen die Pedalen und fuhr aus der Garage. Ich bog rechts ab, zum Platz vor dem Wald, wo meine Mutter jeweils ihr Auto wendete, fuhr an der kleinen Wiese entlang, die zwischen Wald und Häusern lag und auf der man mit Glück manchmal ein Reh sehen konnte, hin zum großen Geländer, das die Straße vom Abhang trennte, der steil hinunter zum See führte. Die Schönheit des Ausblicks, den die Freunde meiner Eltern gern priesen, war zu selbstverständlich für mich. Ich spähte nach meinem Bruder, der bald mit seinem Fahrrad die Straße hinauffahren sollte, im Endspurt seines langen Weges, der ihn täglich zum Gymnasium in der Stadt führte.

Heute kam er in Begleitung seiner Freundin. Sie ging mit ihm zur Schule, hatte krauses Haar und eine fast so große Nase wie mein Vater. Ich mochte sie. Sie war nett zu mir. Mit dabei war einer seiner Freunde, der Freund, der ein Mofa hatte. Ich fuhr ihnen mit dem Gokart entgegen, wendete bei ihnen, das Mofa bestaunend, dem Klang des Motors lauschend, beobachtend, wie der Freund immer wieder Gas gab und unbeschwert und locker im Slalom das letzte Stück fuhr, langsam, damit ich mit dem Gokart folgen konnte.

Weil ich nicht verstand, von was sie redeten, fuhr ich um die drei herum, als sie vor der Treppe stehen blieben, eingerahmt von den kleinen Bäumen, die, von Mäuerchen getrennt, aus der Erde wuchsen, wie kleine Inseln den Asphalt brechend. Sie waren Objekte, die man umfahren konnte, wenn einem vom Kreisfahren schwindlig geworden war.

Jetzt fehlte nur noch mein Vater im neuen Auto. Es war größer als das, mit dem wir nach Frankreich gefahren waren. Es war golden wie die Sonne, die auf dem Grab meines Bruders schien. Vorn hatte es neben den normalen Lichtern zwei beeindruckende Scheinwerfer, und noch wichtiger: Es roch im neuen Auto nicht nach Benzin.

Ich fuhr um die Bäumchen herum, umrundete sie alle, dann nur einzelne, fuhr von rechts oben nach links unten, von links oben nach rechts unten und dann über die Straße zum Geländer, um den Hügel hinunterzuschauen. Man konnte nie wissen, vielleicht brachte das goldene Auto meinen Vater heute früher nach Hause.

Ich hörte das Mofa wieder, der Freund meines Bruders winkte mir zu und fuhr die Straße hinunter, bis er in der ersten Kurve aus meinem Blickfeld verschwand. Ich ließ den Gokart stehen und rannte meinem Bruder und seiner Freundin hinterher, die Treppe hinauf, hinein ins Haus, wo die Haushaltshilfe die Hemden meines Vaters bügelte und meine Mutter wieder auf dem Sofa saß.

Ich zog die Schuhe aus und holte das Meerschweinchen aus dem Käfig. Während ich es hochhob, kaute es weiter an seinem Strohhalm und ließ sich kauend durch den langen Gang zu den Schlafzimmern tragen. Vorbei am Zimmer meines Bruders, aus dem die Stimme seiner Freundin drang. Ich setzte das Meerschweinchen auf mein Bett. Ich legte mich dazu, meine Wange an das Tier pressend. Es war weich und warm. In meinem Zimmer war es ruhig. Ans Fenster drängte fast der Wald, aber ich sah ihn nicht, die weißen feinen Vorhänge waren gezogen. Das Meerschweinchen hatte zu kauen aufgehört, löste sich von meiner Wange und verkroch sich unter der Decke. Ich sah zu, wie sich die Decke bewegte, und begann mich zu langweilen. Ich setzte das Tier im Gang auf den Boden und ging zum Zimmer meines Bruders. Ich horchte an der Tür. Es waren keine Stimmen zu hören. Meine Hand berührte schon die Klinke, ich zögerte noch, dann überwältigten mich die Neugierde und das Bedürfnis, nicht allein zu sein. Die beiden lagen zugedeckt im Bett und schreckten hoch. Ich kletterte zu ihnen. Zu dritt war es gemütlicher als allein. Wir hörten Musik auf dem Plattenspieler meines Bruders. Bis mein Vater nach Hause kam und wir zum Abendessen gerufen wurden.

Meine Mutter hatte Pizza gemacht. Ich aß nicht gern. Das Schlimmste war das Frühstück. Meine Mutter hatte mir erklärt, dass das die wichtigste Mahlzeit des Tages sei. Sie setzte mir jeden Morgen eine Schale mit Flocken vor, mit Orangensaft und Joghurt angemacht. Ich tauchte jeweils den Löffel in die graue Masse, kaute und erstickte beim Schlucken fast.

Geh doch schon ins Bett, ich komme gleich, sagte mein Vater. Jetzt waren auch die dicken Vorhänge gezogen, das späte Tageslicht ausgeschlossen. Ich zog mich aus und meinen Tigerpyjama an. Bei den Socken zögerte ich noch, denn kaum war ich barfuß, hatten es die Monster unter meinem Bett auf mich abgesehen. Sie könnten ihre dürren langen Finger ausstrecken, meine Füße packen und mich unter das Bett in ein Loch ziehen. Ich hatte noch nie den Mut gehabt, mich niederzuknien und nachzusehen, ob es da wirklich Monster gab, denn wären da welche gewesen, hätten sie mir sofort die Augen ausgestochen. Es galt dasselbe wie im Wald: Ich musste einfach schneller sein als sie. Ich zog die Socken aus und sprang aufs Bett, wo ich sicher war. Das Licht von draußen zwängte sich durch jede Ritze und jeden Spalt, den der Vorhang nicht zu bedecken vermochte. Es erhellte Wölbungen im Stoff und warf Schatten, sodass Figuren erschienen, die oft wie Hexen aussahen. Ich konnte die Augen nicht schließen, sonst hätten sie mich angefallen. Bis mein Vater ins Zimmer kam, mit einem Buch in der Hand. Sobald ein Erwachsener den Raum betrat, verschwanden die Hexen aus dem Vorhang und die Monster unter dem Bett. Vor Erwachsenen hatten sie selbst Angst, da diese keine Angst vor ihnen hatten.

Mein Vater setzte sich auf mein Bett, schlug das Buch auf und suchte die Stelle, wo er gestern mit Lesen aufgehört hatte. Oder die Stelle, wo ich eingeschlafen war. Die Geschichte handelte von einem kleinen Waisenjungen, der in einem Paket auf eine Insel geliefert und dort von einer Frau aufgezogen worden war. Als Jim Knopf, so hieß der Junge, größer geworden war, wurde ihm die Insel zu klein. Er verließ die Insel und erlebte spannende Abenteuer, denen ich lauschte, bis mein Vater des Lesens müde oder ich eingeschlafen war.

Am nächsten Morgen zog ich als Erstes schnell die Socken an. Die Kaumaschine Meerschweinchen arbeitete sich durch Salatblätter, und mein Vater saß an seinem großen Schreibtisch, der, der Sofalandschaft zugewandt, in einem der offenen Räume stand, wo die Familie zusammenkam. Es war Samstag. Heute hatte ich keine Schule, mein Vater musste nicht arbeiten, und die Haushaltshilfe hatte frei. Zudem war Besuch angesagt. Was mich freute und meine Mutter nervös machte. Sie putzte, was die Haushaltshilfe gestern schon geputzt hatte.

Mein Pate und seine Frau kamen als Erste. Er war groß und breit. Wenn ich mit ihm kämpfen wollte, sagte er: Willst du an einem Felsen rütteln? Er konnte Walnüsse mit bloßer Hand knacken, weshalb ich meine Mutter immer nach Nüssen fragte, wenn er kam. Seine Frau trug ein feines Lächeln im Gesicht. An meinem letzten Geburtstag hatte sie mir einen Kuchen mit Kerzen geschenkt, die nach dem Ausblasen von selbst wieder angingen. Ich verstand das nicht, hatte ich sie doch gerade mit großem Pusten ausgemacht, und nun flackerten sie, eine nach der anderen, wieder auf. Meine Verwirrung schienen die Erwachsenen zu meinem Ärgernis unglaublich komisch zu finden.

Aus der fernen Stadt angereist, aus der auch mein Vater stammte, setzten sich mein Pate und seine Frau an den Tisch auf der

Terrasse, in den Schatten, wo die Sonne die Glatze des Paten nicht erreichte. Mein Vater hatte sich zu ihnen gesetzt, während meine Mutter ihren berühmten Schokoladenkuchen mit dem dicken Zuckerguss nach draußen brachte, als Krönung, nachdem sie langsam und lächelnd Kaffee in jede Tasse gegossen hatte. Außer in meine, denn Kaffee war nur für die Erwachsenen, was mich ärgerte und Kaffee zu einem begehrenswerten Getränk machte. Zusammen mit Wein, der ebenfalls für die Großen reserviert war. Für mich gab es jeweils roten Traubensaft. Weil der aussah wie Wein. Oder an Silvester Sekt für Kinder, damit ich mitspielen konnte, wenn es erwachsen zu- und herging. Wenn draußen die Welt durchdrehte, es knallte, zischte und die Sterne explodierten und mein Jahr mit einem Abenteuer von Jim Knopf vier Stunden vor dem der Erwachsenen zu Ende ging.

Bevor mein Pate an diesem Sommertag die erste Nuss knacken konnte, kamen weitere Gäste. Man schlenderte über die Terrasse, bestaunte die Blumen, die mein Vater täglich goss, was die Luft kurz mit dem erfrischenden Duft nach nasser Erde füllte. Vielleicht erwähnte man noch die atemberaubende Aussicht und den wunderbar gepflegten Rasen, der, knallgrün und perfekt geschnitten, einen großen Teil der Terrasse einnahm. Am Wochenende lag jeweils mein Vater darauf, in seiner gelben Badehose, mit Hut, hinter einer riesigen Zeitung versteckt. Zu seinen Füßen das Meerschweinchen mit den dunklen Kugelaugen. Kauend ließ es kleine, wie Tabletten geformte Böhnchen hinter sich im Gras verschwinden.

Während die Frauen sich wieder an den Tisch gesetzt hatten, standen die Männer noch beim Teleskop, das unter dem kleinen Vordach vor dem Wandfenster zum Schlafzimmer meiner Eltern stand. Es war viel größer als ich und so schwer, dass es die ganze Familie brauchte, um es nach draußen zu schleppen. Es hatte einen silbrigen Metallsockel, auf dem das schwarze, kopfdicke Rohr gegen den Himmel gerichtet lag, durch das man nachts die riesigen Krater des Mondes sah. Und vielleicht zufällig den winzigen Planeten des kleinen Prinzen, als einer dieser unendlich vielen gelben Pünktchen, die den klaren Himmel über der Bucht überzogen, so winzig, dass sie selbst durch das Teleskop betrachtet nur Punkte blieben.

Am Tisch wurde gelacht, die Männer setzten sich wieder dazu, der Pate knackte die erste Walnuss, und mein Vater machte Fotos mit seiner großen, schweren Kamera. Mein Bruder saß unter ihnen wie ein Erwachsener, und ich ging von einem zum andern, kletterte jedem einmal auf den Schoß, beschenkt mit der Aufmerksamkeit, die mir, wie ich fand, auch zustand.

So war immer Betrieb auf der Terrasse, bis der Herbst kam und die Familie ins Wohnzimmer übersiedelte. Die Vögel zogen in Formation über den Himmel Richtung Süden oder machten laut schwatzend halt in einem der Bäume. Die Blätter der Bäume lösten sich und bedeckten die Straße, bis sie jemand zu großen Haufen zusammenkehrte, in die man springen oder in die man sich legen konnte.

Der Winter kam, und mein Vater hängte das Vogelhäuschen hinaus, schüttete Körner hinein, damit die Vögel, die nicht nach Afrika geflogen waren, etwas zu essen hatten. Meine Mutter bestand bei Regen darauf, dass ich die gelben Gummistiefel anzog, mit denen sich schlechter durch den Wald rennen ließ, und wenn es kälter wurde, eine dicke Jacke, Handschuhe und Mütze. Trotzdem erkältete ich mich und lag mit Fieber im Bett. Anfang Dezember fing es an zu schneien, der heilige Nikolaus mit weißem Bart und in rotem Gewand kam, seine Gehilfen schleppten den Sack mit den Erdnüssen, Mandarinen und der Schokolade. Er setzte sich auf das Sofa und ließ mich vor ihm stehend ein Lied singen. Er schlug sein großes Buch auf und schaute sich an, ob ich das vergangene Jahr über brav gewesen war.

Es fiel mehr Schnee, meine Mutter zog mich mit dem Schlitten den Weg zum Bauernhof hinauf, und zu Hause backten wir Kekse, deren Teig meine Mundwinkel verklebte. Mein Vater kaufte einen großen Tannenbaum, den er im Wohnzimmer auf eine Plastikfolie stellte, über die er Zweige legte. Jeden Sonntag brannte eine Kerze mehr auf dem Adventskranz, und an Heiligabend saß ich vor der verschlossenen Tür zum Wohnbereich. Das Christkind wollte ungestört den Baum schmücken und die Geschenke einpacken. Ich konnte zwar die Hexen im Vorhang sehen, aber einmal das Christkind zu erblicken, blieb mir versagt. Als ich endlich in den Raum treten durfte, wo der Baum festlich geschmückt im Kerzenschein erstrahlte, lächelte meine Mutter, während sich Kerzenflammen in ihrer Brille spiegelten. Mein Vater saß auf dem Sofa und füllte den Raum mit dem süßen Duft seiner Tabakpfeife. Später holte er die Mutter meiner Mutter, eine sehr alte, zerbrechliche Frau. Er spielte Weihnachtslieder auf seiner Querflöte, von meinem Bruder auf der Gitarre begleitet. Ich musste ein kleines Liedchen auf meiner Blockflöte vortragen, dann befreiten wir die Geschenke von ihrem bunten Papier. Auf diesen Moment hatte ich wochenlang gewartet – eine grausame Zeit, sie verfloss kaum, und dann war der ganze Zauber schnell vorbei.

Nach Weihnachten fingen die Vorbereitungen für den Karneval an. Mein Vater bastelte mit mir eine Maske. Ich trug sie am Karnevalsumzug in der Stadt, wo Männer Orangen von den Wagen in die Menge warfen und die Hexen kichernd mit gehobenem Rock ihr Unwesen trieben. Es war schaurig und schön, so viele Menschen, so viele Masken und Lärm. Am Abend nach dem Umzug schlief ich schon auf dem Sofa ein.

Drei lange Wochen später wachte ich an dem Tag auf, der nur mir gehörte, meinem Geburtstag. Es war der Tag, an dem ich nicht nur Prinz, sondern schon König war. Der Frühling hatte begonnen, und es wartete der Schokoladenkuchen meiner Mutter auf mich. Sie hatte Kinder aus meiner Klasse eingeladen und Luftballons an die Haustür gehängt. Sie erzählte mir von meiner Geburt und zeigte mir einen Karton mit Glückwunschkarten. Die sind von deiner Taufe, sagte sie. Der Pfarrer hatte sich damals etwas Spezielles ausgedacht. Meine Taufe war gleichzeitig Erstkommunion der anderen Kinder im Dorf und deshalb ein besonders großer Tag. Die Kirche brechend voll, eine Feier, für die sich jeder herausgeputzt hatte und deren Höhepunkt der kleine Säugling war, dessen Kopf über dem Taufbecken benetzt wurde. Dieses neue Kind Gottes, das ich war. Meine Mutter zeigte mir Fotos von diesem Tag. Alle zeigten lächelnde Gesichter, nur auf einem sah ich die Familie hinter der Kirche vor dem Grab meines Bruders stehen. Auf dem Bild schauten alle meine Mutter an, nur sie und mein Bruder senkten den Blick hinunter auf das Grab, auf dem Gestorben, um zu leben stand.

flug mit der ente

Für den Weißen Sonntag hatte mir meine Mutter einen Anzug gekauft. Ich fühlte mich darin ein bisschen wie ein Erwachsener, als ich und die anderen Kinder uns vor der Kirche in zwei Reihen stellten. Die Mädchen links, die Buben rechts. Die Mädchen waren weiß gekleidet und trugen Blumenkränze aus Plastik im Haar. Sie und wir Jungs in unseren Anzügen sahen wie verkleidet aus. Unsere Finger umklammerten Kerzen, als wir zum Dröhnen der Orgel feierlich in die Kirche schritten. Im Publikum sah ich den roten Hut meiner Mutter leuchten. Es war der Tag meiner Erstkommunion. Das erste Mal durfte ich vorn in der Kirche das dünne, runde Scheibchen Brot in Empfang nehmen und es nach einem Amen in meinen Mund schieben, wo das trockene Brot meine Spucke aufsog, zerkaut breiig wurde und einen seltsamen Nachgeschmack hinterließ. Der Pfarrer verkündigte, dass wir Kinder nun bereit seien, die Gemeinschaft mit Gott und der Gemeinde einzugehen.

Mein großer Moment kam, ich kletterte die Stufen zum Altar hoch, ein Stück Papier in der Hand. Hinter mir herrschte erwartungsvolle Stille im Kirchenschiff, durchbrochen von einzelnem unterdrücktem Husten. Meine Bewegungen wurden von tausend Augen verfolgt. Ich stellte mich an das Mikrofon und las vor, was ich geübt hatte. Meine feine, hohe Stimme füllte den Kirchenraum. Irgendwo lief ein Kassettengerät auf Aufnahme. Ich schaute kurz auf und sah die Kirche bis hinten gefüllt. So viele Gesichter, die mich ansahen. Nachdem ich den Text vorgelesen hatte, kletterte ich wieder hinunter, sah die Menschen mich anlächeln und setzte mich zurück in die erste Reihe. Wir Kinder waren heute die Helden, und als das Kind, das zur Gemeinde gesprochen hatte, war ich der König der Helden.

Als wir aus der Kirche traten, waren draußen Tische mit Weißwein für die Großen und Orangensaft für uns Kinder aufgestellt. An einem stand meine Familie. Es waren Verwandte und Freunde meiner Eltern dabei, auch der starke Pate und seine lustige Frau. Nach einem kurzen Gespräch mit dem Pfarrer und dem üblichen Besuch auf dem Friedhof, wo wir kurz, dicht aneinandergedrängt und schweigend, vor der Sonne meines Bruders standen, fuhren wir mit mehreren Autos durch das Dorf. Bis zu jener Stelle, wo der See die Straße zur Kurve zwang und links eine kleine Straße wie ins Nichts abzweigte. Am Schilf vorbei führte sie zu einer weiteren Abzweigung und unserer wie eine Schlange gewundenen Straße, über die die Autos eins hinter dem anderen den Hügel erklommen. Wir setzten uns erschöpft an den für den Anlass vergrößerten Tisch, den meine Mutter am Morgen mit einem weißen, steifen Tischtuch bedeckt hatte. Neben jeden Teller hatte sie einen kleinen Blumenstrauß gestellt. So saßen wir lachend und schwatzend zusammen, der Pate knackte Nüsse mit der Hand, bis ich müde war und die Aufmerksamkeit als Held des Tages abzugeben bereit war.

Wie der Pfarrer in der Kirche gesagt hatte, war ich jetzt Teil der Gesellschaft. Meine Welt wurde größer, von außen drang Neues an mich heran. Zusammen mit der Familie ging es weiter in die Welt hinaus. Von der sicheren Basis aus, der Oase der Terrassenhäuser, eingebettet zwischen Wald und der großen Wiese. Auf ihr blühte und summte es, das Gras war hoch und voller Löwenzahn, den Pusteblumen, deren Samen durch die Luft segelten, blies man ihnen ins Gesicht. Auf dieser Wiese saß ich manchmal und blickte hinunter auf die Straße und den See. Es fühlte sich schon weit weg vom Haus an, denn das laute Rufen meiner Mutter erreichte mich nur noch wie ein Flüstern.

Bis die riesigen Maschinen lärmend die Straße heraufkrochen, sich auf der Wiese verteilten und ihre Zähne in die Erde schlugen. Tagsüber stießen die gelben Monster schwarze Wolken in die Luft, abends harrten sie erschöpft im aufgewühlten Dreck. Mit meinem Bruder kletterte ich über die aufgeworfenen Erdhügel zu ihnen hoch. Er setzte sich in eine der Führerkabinen und tat, als würde er das Ungetüm steuern. Ich stellte mich in die Schaufel, die doppelt so hoch war wie ich. Mit dem mulmigen Gefühl, dass die Schaufel sich jederzeit bewegen könnte, falls mein Bruder an einen der Hebel käme, mich hochreißend und wie Dreck auf einen der riesigen Haufen schleudernd. Ich war ein feingliedriger Junge, wie meine Mutter es nannte, mein Bruder hingegen schon ein starker Mann.

Mit ihm war alles ein Abenteuer, gefährlich, wie meine Mutter fand. Als ich ganz klein war, warf er mich in die Luft, immer höher und höher. Er fing mich zwar immer wieder auf, aber die Nachbarn hatten es aufgebracht meiner Mutter berichtet, worauf sie es ihm verboten hatte. Wir fanden andere Wege, uns auszutoben. Ohne Angst, bis jeweils etwas passierte. Was kaputt ging, wurde ersetzt oder konnte repariert werden. Verletzten wir uns, heilte es von selbst. Das Seil der Schaukel auf der Terrasse riss, als mein Bruder schwingend mit mir auf dem Schoß versuchte, mit den Füßen die Decke zu erreichen. Wir flogen in hohem Bogen vorwärts und schlugen auf. Er konnte zwei Tage lang kaum laufen. Als es wieder ging, jagte er mich durch die Wohnung bis ins Wohnzimmer, wo ich eine Chance zu entkommen sah und den großen Sofatisch umrundete, darauf hoffend, dass mein Bruder aufgab. Aber er gab nie auf. Er ließ sich auch durch die Rufe meiner Mutter nicht von der Verfolgung abbringen. Bis ich, über den Teppich gestolpert, dem Sofatisch aus Marmor mit meiner Stirn eine Ecke abschlug, am Boden liegen blieb und das Gesicht meines Bruders über mir verschwimmen sah. Der Arzt nähte mich zusammen, nur die fehlende Ecke am Tisch blieb.

In der Garage stand ein alter Fahrradanhänger, den mein Bruder an meinen Gokart band. Er hieß mich in den Anhänger steigen, zwängte sich in den Sitz und trat kräftig in die Pedalen. Er steuerte das gerade Stück die Straße hinunter, ließ den Anhänger, leichte Kurven fahrend, mal nach rechts, mal nach links schwingen, bis wir die Baustelle erreichten und mein Bruder den Gokart abrupt und ungebremst wendete. Ich flog durch die Luft. Blut auf dem Asphalt, darin zwei Schneidezähne. Es brauchte einen Moment, bis ich verstand, dass es meine waren. Ich weiß nicht, wie wir zurück in die Wohnung kamen. Ich lag auf dem Sofa, und mein Bruder fragte mich, ob alles okay sei. Ich denke schon. Bis unsere Mutter vom Einkaufen zurückkam.

Draußen spielten zwei größere Nachbarskinder, als ich meinen Gokart aus der Garage fuhr. Direkt zum Geländer, um zu sehen, ob mein Bruder schon die Straße heraufgeradelt kam. Ich fuhr die Straße hinunter, die Autos betrachtend, die an der Seite geparkt waren. Diesmal waren es nur drei. Wem sie gehörten, wusste ich nicht. Unten, wo vor zwei Tagen meine Zähne gelegen hatten, glaubte ich noch Spuren von meinem Blut auf dem Asphalt zu erkennen. Auf der Baustelle stöhnten die Maschinen, füllten Erde in die Lastwagen, die mit letzter Kraft die kleine Straße heraufgekrochen kamen. An den Garagentoren entlang fuhr ich zurück, bis in die Nähe der beiden Jungs mit dem Fußball, die noch am Wendeplatz standen. Sie sprachen mich an und begannen sich über meinen Gokart lustig zu machen, als hinter ihnen mein Bruder mit dem Fahrrad angefahren kam. Ihre Stimmen waren grell, sie teilten mir fiese Namen aus und lachten laut. Mein Bruder stellte das Rad hin und trat zwischen die zwei Jungs. Sie wichen zurück, als er ihnen den Ball wegnahm, der gleich darauf das Gesicht des einen Jungen traf. Was für ein Schuss, dachte ich, während mein Bruder, ohne ein Wort zu sagen, zur Treppe ging. Als ich an seinem Zimmer vorbeikam, sah ich ihn die Koffer packen. Ich wusste, dass er für zwei Wochen ins Pfadfinderlager ging.

Es wurde ruhig in meiner Welt. Die Haushaltshilfe schlich kaum beschäftigt durchs Haus. Meine Mutter lag auf dem Sofa. Mit ihr Tiger und Löwe spielen wollte ich nicht mehr. Mit der Haushaltshilfe, einer jungen Frau mit riesigen Brüsten, machte nicht einmal das Spielen mit Lego Spaß. Sie konnte keine Brücken bauen, keine Kräne konstruieren. Ich legte mich mit meinem Meerschweinchen ins Bett, und die Zeit blieb fast stehen. Bis wir am Sonntag ins goldene Auto stiegen, um meinen Bruder zu besuchen.

Wir fuhren am See entlang bis zur Autobahn, zum Tor hinaus in die Ferne. Ich saß hinten, in kurzen Hosen und einem T-Shirt, auf dem ein Windsurfer abgebildet war, auf dem Kopf ein Cap von Coca-Cola. Meine Mutter mit Strohhut auf dem Beifahrersitz. Am Steuer der Vater mit verspiegelter Fliegerbrille. Er erklärte mir, dass mein Bruder der Chef der Pfadfinder war. Als Bruder vom Chef stieg ich nach der längeren Fahrt über Autobahn, Land- und Schotterstraßen auf dem Lagerplatz aus. Zwischen zwei Bäumen hing das große Banner mit dem Namen der Pfadfinderabteilung, dahinter sah ich das Zeltdorf und die einzelnen Baumgruppen mit den Hängematten und den über mehreren

Bänken aufgespannten Planen. Der Platz bevölkert von so vielen Menschen, dass mir schwindlig wurde. Da war die Armee der Pfadfinder in den hellbraunen Uniformhemden mit den aufgenähten bunten Abzeichen. Und da waren die ganzen Besucher, Familien, die herumgeführt wurden, mit Kindern, die kreischend um die Zelte rannten.

Mein Bruder zeigte mir ein Ferkel, umkreist von Jungs, die es anfassen wollten. Er nannte es grinsend das Lagerschwein und führte mich zu seinem Zelt. Ich legte mich auf seinen Schlafsack, öffnete die kleine Tüte Chips, die er mir gegeben hatte, und betrachtete durch den Zelteingang das Treiben auf dem Platz. Bis mich mein Vater fand, die Fotokamera vor dem Gesicht. Er führte mich zu meiner Mutter, die sich auf eine der Bänke in der Nähe des Feuers gesetzt hatte. Vor sich breitete sie das mitgebrachte Essen aus, während mein Bruder ihr erklärte, wieso einer seiner Zähne abgebrochen war: Er war auf einen Baum geklettert, das Ende eines Seils zwischen den Zähnen, um die aneinandergeknüpften Planen zu spannen, unter denen wir gerade saßen, als er den Halt verloren und sein Gewicht ihn nach unten gezogen hatte, das Seil noch zwischen den Zähnen.

Über das Lager breitete sich der Geruch nach gebratenem Fleisch aus. Am Feuer standen Kinder, Würste an dünnen Ästen zwischen die Flammen haltend. Die angeschnittenen Enden der Würste bogen sich in der Hitze, Fett tropfte in die Glut. Ich saß neben meiner Mutter und freute mich auf eine eigene Uniform mit bunten Abzeichen.

Es war ein heißer Sommer. Der Vater versteckte sich hinter der Zeitung, und die Mutter spazierte so lange auf der Terrasse hin und her, bis sich die Nachbarin von unten beklagte. Auf der Terrasse war ein aufblasbares Plastikbecken mit Wasser gefüllt.

Ein Schiffchen trieb darin. Ich verließ die Wohnung, lief die Treppe zwischen den Terrassenhäusern hinunter und an den Garagentoren entlang, um mich an den Rand der Wiese zwischen Haus und Wald zu setzen, an die Stelle, wo das Gras dem Sandstreifen wich, der die Wand von der Wiese trennte. Ich starrte so lange auf den Sand, bis sich Einzelnes zu bewegen begann, kleine Käferchen, winzige Würmchen. Ich klopfte Ameisen von den nackten Beinen. Es war angenehm im Schatten. Das goldene Auto meines Vaters glänzte in der Sonne, der Wald atmete ruhig vor sich hin, ich schlief fast ein.

Bis mein Bruder in einem hellblauen Wagen angefahren kam. Es war eines jener Autos, die ich in Frankreich gesehen hatte, mit runder Motorhaube und großen abstehenden Lampen. Mein Vater hatte sie Enten genannt. Mein Bruder lachte mich aus dem Autofenster an. Was für eine Überraschung. Mein Bruder durfte Auto fahren. Wir mussten uns nicht mehr mit Fahrenspielen begnügen. Ich war mehr als bereit. Für eine Fahrt in diesem Auto, das er gemietet hatte, weil es so schön federe, wie er sagte, die rechte Hand am Steuerrad, den linken Arm aus dem Fenster hängen lassend.

Wir ließen die Terrassenhäuser hinter uns. Unten am See gab er richtig Gas. Wie ein wildes Pferd trieb er die Ente durch das Dorf. In den Kurven brach das Auto fast aus, nach einer Vollbremsung schaukelte es auf und ab. Mit Anlauf fuhren wir über die Gleise beim Bahnübergang wie über eine Schanze; es fühlte sich an, als würden wir fliegen. Auf dieser Fahrt mit meinem Bruder erlebte ich das erste Mal das Gefühl von Freiheit.

Vom Lachen erschöpft, kehrten wir zurück, parkten die Ente hinter dem großen Wagen des Vaters. In der Wohnung fanden wir die Eltern aufgebracht, man hatte befürchtet, dass ich verloren gegangen war. Ich verließ die Aufregung unbemerkt, holte das Meerschweinchen aus dem Käfig und legte mich ins Bett, um in Gedanken die Ente noch einmal fliegen zu lassen.

Ich wollte auch Auto fahren können, doch mein Vater fand, dass ich zuerst lernen sollte, Fahrrad zu fahren. Er holte das Klapprad aus der Garage und hieß mich aufsteigen. Ich setzte mich auf das zu große Rad, suchte mit meinen Sandalen die Pedalen, und schwankend bewegte sich das Ganze nach vorn, angeschoben vom Vater, bis er losließ und ich auf den Boden knallte. Die Monster von der Baustelle fuhren mit Riesenlärm die Straße hinunter. Die Schaufeln angehoben und schwarze Wolken in die Luft stoßend, verschwanden die Maschinen langsam in der Kurve, eine nach der anderen, während mein Vater darauf bestand, dass ich aufstand und mich wieder auf das Rad setzte. So wiederholte sich das Schieben und Schwanken bis zum Fall. Im Gegensatz zu mir schien mein Vater nicht frustriert, denn jedes Mal schwankte ich etwas länger, bevor es wieder wehtat, weil mein Knie auf den Asphalt schlug und das schwere Fahrrad auf mich krachte. Bis ich wirklich allein weiterfuhr, und zwar so lange, dass mein Vater zu rufen anfing, weil die enge Kurve kam, nach der die Straße steil bergab ging. Anhalten!, schrie er. Ich fuhr direkt in einen Rosenstrauch.

Von Dornen übersät, hatte ich genug. Ich ging zurück ins Haus ins Schutzfeld meiner Mutter. Wie immer widmete sie sich sofort meiner Überforderung. Sie strafte jeden mit einem bösen Blick, der sich nicht meiner Lust und Laune unterordnete. Und ihr Blick war eine Waffe, gegen die niemand ankam.

Die Nähe meiner Mutter versprach mir Sicherheit, aber sie war langweilig. Also ging ich wieder zu meinem Vater, der mir nicht nur Fahrradfahren beibringen wollte. Er ging auch mit mir in

Luzern, der Stadt, ins Kino. Wir hatten keinen Fernseher zu Hause, also sah ich zum ersten Mal einen Film. Es war ein Zeichentrickfilm über einen kleinen Hirsch namens Bambi. Als Bambi geboren wurde, sprach sich das schnell im ganzen Wald herum. Alle Tiere versammelten sich, um das Baby zu sehen. Bambi wurde größer und hatte eine glückliche Kindheit, bis seine Mutter von einem Jäger erschossen wurde. Ab dieser Stelle konnte ich mich nicht mehr auf den Film konzentrieren, weil mein Vater neben mir angefangen hatte, in sein Taschentuch zu prusten. Ich realisierte, dass er weinte. Ich hatte ihn noch nie weinen sehen. Nach dem Film erzählte er mir im Auto, dass sein eigener Vater gestorben sei, als er selbst noch ein Junge war. Wir fuhren durch die vielen Straßen der Stadt; er erzählte, ich schwieg.

Zu Hause lachte er wieder. Wir saßen im Gang, er am einen Ende, ich am anderen. Zwischen uns die lange gerade Fläche mit der geöffneten Tür zum Wohnraum, an dessen Rahmen gerade ein kleiner Ball abprallte. Es war ein elastischer Gummiball, eine feuerrote Kugel, die nie zur Ruhe kommen wollte. Mein Vater und ich hatten je ein langes, eckiges Stück Holz in der Hand, mit dem wir den Ball zurückschlugen, wenn er in unsere Nähe kam. Traf er auf die eine Wand, änderte er seine Richtung, prallte an die andere Wand und kam, nie an Geschwindigkeit verlierend, wie ein wild gewordener Teufel durch den Gang jagend, manchmal sogar den Boden verlassend, auf mich zugeflogen. Ich schmetterte ihn zurück, er zischte wieder rasend schnell über den Teppich, meinem Vater entgegen. Lange konnten wir dieses Spiel nicht spielen, weil meine Mutter den Lärm nicht mochte und uns das Lachen schnell erschöpfte. Ich zog mich in mein Zimmer zurück, schloss die Tür, legte mich aufs Bett und dachte an die Tränen meines Vaters, die der Trauer im Kino und die der Freude vorhin im Gang.

Bis er mit einem großen Buch in der Hand in mein Zimmer trat. Er setzte sich auf mein Bett und schlug das Buch auf. Statt weißen Seiten, die mit Bildern und den Buchstaben einer Geschichte gefüllt waren, hatte es schwarze Seiten, über die schmale, durchsichtige Streifen gezogen waren. Streifen, unter denen kleine Bildchen steckten, wie sie meine Mutter auf Briefumschläge klebte. Einige waren besonders bunt, andere fielen durch ihre Größe auf. Durch meine Spielpost hatte ich gelernt, dass eine Briefmarke nur so lange verwendet werden konnte, bis sie gestempelt war. Die Marken im Buch meines Vaters waren also wertlos. Mein Vater erklärte mir, dass es hier nicht darum ging, Marken für Briefe zu haben, sondern dass dies eine Sammlung von besonderen Exemplaren sei, die gestempelt sein müssen, um überhaupt ins Buch gesteckt werden zu dürfen. Er überreichte mir das Buch, und ich schaute mir seine Schätze genauer an. Zu einigen Marken erzählte er mir eine kleine Geschichte. Entweder waren sie sehr alt, besonders selten, oder sie kamen aus fernen Ländern.

Ich spürte seine Begeisterung und den enormen Wert, den das Album für ihn hatte. Aber es fühlte sich auch belastend an, als er sagte, dass er die Sammlung hiermit an mich übergebe, damit ich sie weiterführen könne. Bei meinem Vater und meinem Bruder musste man immer etwas tun. Mit meiner Mutter und dem Meerschweinchen durfte ich einfach nur sein. Nachdem mein Vater das Zimmer verlassen hatte, stellte ich sein Album in mein kleines Regal und fand Zeit, die vielen Worte und Eindrücke des Tages sinken zu lassen. Bis an den Punkt der Ruhe, an dem ich die Hexen im Vorhang wieder sehen konnte.

In der Nacht wachte ich auf, weil sich meine Eltern im Gang unterhielten. Aber nicht lang genug, dass ich es für nötig empfand, aufzustehen und nachzuschauen, was los war. Meine Mutter erzählte es mir am nächsten Morgen. Ein Mann hatte im

Wald geschrien, so lange und laut, dass meine Eltern aufgewacht waren. Im Wald gab es kein Licht, die dicht beieinanderstehenden Bäume schirmten das Innere vom Mondlicht und vom Sternenhimmel ab. Mein Vater hatte die Taschenlampe genommen und draußen einen anderen Nachbarn getroffen, der ebenfalls aufgewacht war. Zusammen waren sie in die Dunkelheit des Waldes getaucht, auf der Suche nach dem Ursprung der Schreie. Meine Mutter verriet es mir: Es war ein Betrunkener gewesen, der vom Weg abgekommen und den Abhang hinuntergestürzt war. Mein Vater hatte ihn aus der dunklen Welt des Waldes geführt. Ob mich mein Vater auch retten kann, sollte mich der Wald eines Tages auf dem Schulweg doch verschlucken?

Während mein Vater und mein Bruder morgens aus dem Haus gingen, um die Welt mit ihren Taten zu bereichern, blieb meine Mutter auf dem Sofa sitzen. Sie sagte, dass sie drei Kinder auf die Welt gesetzt habe. Außerdem müsse ja jemand zu Hause sein, wenn ich von der Schule komme. Manchmal hatte sie Kopfschmerzen. Dann kam ich als Heiler zum Einsatz. Sie war überzeugt, dass ich über Fähigkeiten verfügte, die mich einzigartig machten auf dieser Welt. Eine dieser Fähigkeiten sei es, Menschen zu heilen. So hieß sie mich meine Hand auf ihre Stirn legen. Oder auf ihr Knie, das sie seit einem Skiunfall manchmal schmerzte. Als meine Hand auf ihrer Haut lag, fragte ich, was ich jetzt tun sollte. Warten, sagte sie, und die Augen schließen. Ich schloss die Augen und wartete. Bis ich so gelangweilt war, dass ich die Augen wieder öffnete, die Hand von ihr löste und nach einem Tee mit Keksen fragte. Sie stand auf und machte uns Schwarztee, den wir wie immer mit Milch am Esstisch tranken. Ich schaute meiner Mutter dabei zu, wie sie mich anschaute. Sie erzählte mir, dass die Nachbarn ihr erzählt hätten, was für ein lieber Junge ich sei.

Dass ich immer lächelte und freundlich grüßte. Ich sagte nichts dazu und schwieg auch, als sie erwähnte, dass mein Lehrer mich für sehr ruhig halte.

Nachts wachte ich auf und sah im Dunkeln meine Mutter auf einem Stuhl an meinem Bett sitzen. Sie murmelte etwas vor sich hin. Ich schloss die Augen und tat, als würde ich noch schlafen. Ich hörte, dass das Gemurmel ein Gebet war. Sie bat Gott, dass mir nichts passierte. Ich lag wie gelähmt, bis sie aufstand, den Stuhl zurück an meinen Schreibtisch stellte und das Zimmer verließ. Zum ersten Mal hatte ich Angst vor ihr.

Am Samstag zog meine Mutter eines ihrer farbigen Blumenkleider an, wählte zwischen den Hüten den rosaroten aus, fuhr mir mit der Hand über die Frisur, und zusammen mit meinem Vater schritten wir die Treppe zu den Garagen hinunter. Die Fahrt im goldenen Auto ging nicht lange, wir erreichten schnell das große Feld, das zwischen unserem Dorf Horw und Luzern lag. Mein Vater holte zwei Klappsitze aus dem Kofferraum, und meine Mutter nahm die Tasche mit dem Picknick. Wir mischten uns unter die Leute, die vom Parkplatz zur Pferderennbahn strömten. Meine Mutter wählte den Platz, mein Vater stellte die Stühle auf. Für mich gab es keinen, weil ich keinen brauchte. Ich ging lieber auf Erkundungstour.

Kleine, dünne Menschen in enger Kleidung mit Nummern drauf jagten Pferde im Kreis einem unsichtbaren Ziel entgegen, die Oberkörper nach vorn gebeugt, den Hintern in die Höhe gestreckt. Aus Lautsprechern kommentierte jemand das Geschehen. Meine Mutter studierte die Listen, die man uns am Eingang gegeben hatte. Obwohl die Reiter und die Pferde alle gleich aussahen, schienen sie so unterschiedlich, dass meine Eltern über sie diskutieren konnten. Ich lief zur Tribüne, wo die Leute auf einer großen Holzkonstruktion saßen, vorbei an einem Verkäufer, der einen Behälter mit Sandwiches und Getränken schleppte. Ich betrachtete die Leute, die angestrengt auf die Bahn starrten, manche mit Feldstechern, aufgeregt – ein Mann schrie, wobei seine Worte im Lärm untergingen. Ich sah ihn wie einen Fisch unter Fischen den Mund aufreißen, ohne Ton. Hinter der Tribüne lag das Festzelt mit der Musikkapelle, daneben das Gebäude, wo die Leute wetten konnten. Weiter hinten befanden sich die Ställe, wo Reiter und Pferde herumstanden, die Menschen ganz vertieft in ihre Vorbereitungen, abseits vom wilden Treiben auf der Bahn.

Ich setzte mich an eine Stelle, wo die Pferde ganz nah vorbeistürmten. Ich hörte die Jockeys schreien, die Erde spritzte auf, der Boden vibrierte, die Meute verschwand in der Ferne, um nach kurzer Zeit wieder auf der anderen Seite aufzutauchen. Weil ich Durst und kein Geld hatte, musste ich zurück zu den Eltern. Ich fand meinen Vater in eine Zeitung vertieft, während meine Mutter in einer Zeitschrift blätterte. Sie blickte hoch und fragte, ob ich den Sturz gesehen hätte.

Die Pferderennen waren die einzigen Ausflüge, auf die meine Mutter mitkam. Es schien, als würde sie sich mit unserem Daheim begnügen wie mein Meerschweinchen sich mit seinem Käfig. Früher spazierte sie täglich den Weg zum Bauernhof hoch, inzwischen reichte es ihr, die Terrasse auf und ab zu gehen.

Ich war froh, dass mein Vater so unternehmungslustig war. Während meine Mutter nach ihrem Skiunfall die Piste mied, weil Skifahren, wie sie sagte, erwiesenermaßen gefährlich sei, zogen mein Vater und ich im Winter unsere Skianzüge an. Seine Skis waren so lang, dass er sie aufs Auto schnallen musste. Meine waren kurz und kamen in den Kofferraum. Im Auto erzählte mir mein Vater, dass er in seiner Jugend Skilehrer gewesen war. Mit einem Lächeln im Gesicht fügte er hinzu, dass er damals manchem Mädel das Skifahren beigebracht habe. Auch meiner Mutter?, fragte ich. Nein, die habe er auf einer Hochzeit kennen gelernt.

Nach einer Fahrt auf der Autobahn ging es noch lange eine Straße den Berg hinauf. Auf einem Parkplatz voller Autos zogen wir die unbequemen Skischuhe an. In diesen harten Dingern stolperten wir zur Luftseilbahn, mein Vater seine Skis auf der Schulter, ich meine unter dem Arm. Die Luftseilbahn setzte sich in Bewegung und glitt, die Welt unter sich lassend, über Bäume und Bäche. Bei jedem Masten bewegte sich die Kabine gefährlich, schwankte kurz nach unten, schwang aus und glitt weiter in die Höhe, während ich zwischen den vielen Leuten am Fenster stand, die Hände mit den dicken Handschuhen ans Geländer gekrallt. Die Bahn tauchte aus dem Nebel, die Sonne wärmte mein Gesicht. Als wäre plötzlich Sommer, ließen wir den Winter unter uns zurück.

Bei der Bergstation der Gondel strömten die Leute zu den Sesselliften, um sich höher auf den Berg hinauf bringen zu lassen. Da sind die Pisten zu steil für dich, sagte mein Vater. Also konzentrierten wir uns auf den für Anfänger vorgesehenen Skilift, wo die Piste fast flach war. Am Anfang nahm mich mein Vater auf dem Lift zwischen die Beine. Dann musste ich neben ihm fahren. Er packte den Bügel und schob ihn schnell unter unsere Hintern, wo er uns, schief liegend, weil mein Vater so viel größer war als ich, nach vorn riss. Einmal brachte ich uns zu Fall, der Bügel schnellte in die Höhe und zog ohne uns weiter. Aber weil Skifahren einfach war, setzten wir uns bald auf einen der Sessellifte und machten uns auf den Weg dorthin, wo es steiler und gefährlicher war.

Zu Hause steckte mich die Mutter in die Wanne. Ich pustete in den Schaum, ließ das Plastikschiffchen abtauchen und war froh, allein baden zu dürfen. Am Anfang war mein Bruder dabei gewesen, später hatte sich meine Mutter an die Wanne gesetzt. Jetzt hatte ich endlich etwas Raum nur für mich.

Mein Vater begeisterte sich für alles, was fahren oder fliegen konnte. Diese Leidenschaft wollte er mit mir teilen. So standen wir im Regen auf einem abgeschiedenen kleinen Bahnhof, als die alte Spanisch-Brötli-Bahn einfuhr, die Lokomotive ohne Führerkabine, mit einem dreckigen Mann, der fleißig Kohle in ein Feuer schaufelte. Es zischte und dampfte, und die Bahn tauchte uns in Rauch, bevor wir in einen der drei kleinen Wagen stiegen. Auf unbequemen Holzbänken sitzend, freute sich mein Vater mehr als ich, während das Gefährt stöhnend und langsam wieder Fahrt aufnahm.

Alt waren auch die Fahrzeuge, die in Luzern am Quai an uns vorbeifuhren. Es war eine Parade mit auf Hochglanz polierten Autos, Motorrädern und Fahrrädern aus einer längst vergangenen Zeit. Mein Vater fotografierte jedes Gefährt, während ich ein Eis lutschte und mir die Beine wehtaten vom langen Stehen. Mein Vater erzählte mir, dass er einige dieser Automodelle noch von der Straße kenne, war er doch während des Zweiten Weltkriegs ein Junge gewesen. Das sei eine Zeit gewesen, als ein Auto noch etwas ganz Besonderes war. Weil er glänzende Augen hatte und so zufrieden aussah, sagte ich ihm nicht, wie langweilig ich das alles fand.

Noch mehr alte Autos und Züge zeigte er mir im Verkehrshaus. Ganz angetan war er von den Flugzeugen. Auf dem Hof stand eine große Passagiermaschine, in die man hineinsteigen durfte, um hinten wieder hinauszuklettern. Ich verstand nicht, was das Besondere daran war, war ich doch schon in einer Maschine gesessen, die geflogen war und nicht nur auf dem Boden herum-

stand. In der großen Flugzeughalle hingen jede Menge Flug-
objekte an Seilen von der Decke. Wir standen darunter, mein
Vater mit erhobener Hand, immer wieder auf ein anderes Flugzeug zeigend. Er schien sie alle zu kennen, zu jedem Objekt konnte er eine Geschichte erzählen.

Mir schien, als würde mein Vater überhaupt alles wissen. Vielleicht war er deshalb so mächtig in der Armee. Manchmal sah
ich ihn in Uniform, auf dem Kopf einen eckigen Hut mit drei
goldenen Streifen. Er erklärte mir, dass er Hauptmann und Chef
der Armeepolizei sei. Ich verstand nur das Wort Polizei, und das
gefiel mir. Also war mein Vater dafür zuständig, dass die bösen
Menschen ins Gefängnis kamen.

Am Sonntag war Tag der offenen Tür in der Firma, für die
mein Vater arbeitete. Es war das staatliche Flugzeugwerk, ein
Armeebetrieb. Mein Vater war der Vizedirektor und damit Chef
von mehreren hundert Menschen, die da arbeiteten. Das erzählte mir mein Bruder, als wir mit meiner Mutter zum Flugzeugwerk
unterwegs waren. Mein Vater war schon losgefahren, als ich noch
in meinem Müesli gestochert und einen Bissen nach dem anderen
hinuntergewürgt hatte.

Ich war beeindruckt, wie riesig das Gelände war, mit vielen
Gebäuden und einer großen Landebahn. Mein Vater schien unglaublich wichtig zu sein; er schritt über das Areal, und wurde
von allen Seiten gegrüßt und angesprochen. Ich sah ihn ganz
anders hier als zu Hause, wo er die kleinen Flugzeugmodelle aus
Metall abstaubte, mit seiner Modelleisenbahn oder mit mir im
Gang Ball spielte. Zu Hause schien er wie ich ein Kind, hier war
er der große Erwachsene.

Mein Bruder zeigte mir, dass es wie Magie war, Kind unseres
Vaters zu sein. Jede Hallentür, an die wir klopften, öffnete sich
für uns, als wir sagten, wer wir waren. Man sprach über unseren

Vater, als wäre er ein König. Ein Mann zeigte uns sogar den Windkanal, wo Flugzeuge und Rennautos getestet wurden. Ich stand mit meinem Bruder vor einem riesigen Propeller, der Mann ließ ihn ein bisschen rotieren und Wind erzeugen, aber nur so sanft, dass es uns nicht nach hinten riss. Danach fuhren wir mit der Mutter zurück auf unseren Hügel, wo ich eine Runde mit dem Klapprad fuhr, hinunter zur Baustelle, wo inzwischen riesige Lastwagen mit sich drehenden Trommeln standen.

Am Abend kam mein Vater zurück. Er setzte sich müde in einen Sessel, um mit einer seiner Tabakpfeifen den Raum mit süßem Geruch zu füllen und anschließend wieder voller Tatendrang mein Spielpartner zu sein.

Wir saßen nicht hinten, sondern ganz vorn in der ersten Reihe. Vor uns die Fläche mit dem Sägemehl. Männer installierten Gitter, damit wir nicht angegriffen wurden von den Löwen, die nachher durch einen Gittergang in die Manege kamen. Im großen Zelt in der Stadt, im Zirkus, wo ich Popcorn essend mit meinem Vater saß. Die Löwen schlichen gefährlich um einen Mann mit Peitsche herum, fauchten und setzten sich widerwillig auf ihre Hocker am Manegenrand. Sie schienen unberechenbar, jederzeit bereit, den Mann mit der Peitsche anzufallen und ihm den Kopf abzureißen. Unglaublich nervenaufreibend waren auch die zwei Menschen, die hoch über uns durch die Luft flogen, um im letzten Moment nach den Stangen zu greifen, die ihnen entgegenschwangen.

Nach der Vorstellung durfte ich zu den Käfigen hinter dem Zelt. Zwischen den vielen Wohnwagen, die den Platz füllten. Der Zirkus gehörte zu der geheimnisvollen Welt, die mir mein Vater zu zeigen begann. Es schien, als käme sie aus den spannenden Büchern, die er mir früher zum Einschlafen vorgelesen hatte.

Er zeigte mir Burgen und Schlösser, inzwischen leer stehend, von Besuchern durchlaufen, mit Mauern voller Geschichten. Wir fuhren durchs ganze Land, zu Schlössern mit Wassergräben und Burgen auf Hügeln, die nur über einen Trampelpfad erreichbar waren. Ich sah manches Verlies, wo noch Ketten hingen, schaute übers Land, wo einst Kanonen standen, und ging über Mauern, zwischen deren Zinnen ich nur hindurchschauen konnte, wenn mein Vater mich in die Höhe hob. Das wirklich Spannende waren die Türme mit den knarrenden Holztreppen. Wir eroberten jeden Turm – der Aufstieg schien jeweils so lange, als würden wir bis ganz hinauf in den Himmel steigen. Oben angekommen, sahen wir alles klein, als wären wir in einer Spielwelt, einem gebastelten Modell der Welt.

Bis ich nicht mehr schwindelfrei war. Das kommt davon, sagte meine Mutter und verbot es meinem Vater, weiterhin mit mir Türme zu besteigen. Von nun an galt es für uns, auf dem Boden zu bleiben.

tür ins nichts

Ich wollte mit dem Fahrrad zur Schule fahren, so wie mein Bruder. Ich würgte das Müesli hinunter, sagte meiner Mutter auf Wiedersehen und holte das Klapprad aus der Garage. Ich schob es den Weg hinauf in den atmenden Wald. Der schmale Pfad bot kaum Platz für mich und das Rad. Ich drückte es an mich, fühlte neben mir die Tiefe, in die ich mitsamt Fahrrad stürzen könnte. Es brauchte nur ein bisschen Unachtsamkeit, einen falschen Schritt. Ich ging vorsichtig und gebückt zwischen den Bäumen in den immer dunkler werdenden Wald hinein. Das Atmen wurde lauter, und das Rascheln begann, hinter mir, überall. Ich wollte losrennen, aber ich konnte nicht. Ich hätte das Fahrrad zurücklassen müssen. Das würde bedeuten, dass ich aufgab, bevor es richtig anfing. Meine Hände klammerten sich an den Lenker. Ich schob das Fahrrad weiter. Ich hob es über Wurzeln, die wie Adern aus dem Boden ragten.

Die Geräusche schwollen an und kreisten mich ein. Die Schatten wuchsen zusammen und schluckten das letzte Licht. Der Boden war rutschig, der Abhang direkt neben mir und das Fahrrad schwer. Ich hörte ein Lachen hinter den Bäumen. Die Macht des Waldes hatte sich aufgebaut und schlug über mir zusammen. Ich rannte mit dem Fahrrad den Rest des Weges entlang, rutschte fast aus, stolperte über Steine. Die Pedale schlug an mein Bein.

Wie ein wildes Pferd wollte mein Fahrrad ausbrechen. Ich trieb es mit letzter Kraft aus dem Wald.

Auf der Straße angekommen, blickte ich zurück und sah die Wand aus Bäumen. Wie Wächter standen sie da, als würden sie unsere exklusive Welt der Terrassenhäuser vor Eindringlingen schützen. So war der Wald wie ein Wall, sicherte die Zone mit den Terrassenhäusern, machte sie aber auch zum Gefängnis. Ich musste ausbrechen, wollte in die unbeaufsichtigte Welt.

Ich setzte mich auf das Fahrrad und fuhr die Straße zum Dorf hinunter. Die Straße war steil, und ich krallte beide Hände fest um die Bremsgriffe. Der Fahrtwind wehte mir die Haare aus der Stirn. Ich fühlte wieder die Freiheit, das Gefühl, wie ich es damals mit meinem Bruder in der Ente empfunden hatte, als wir abgehoben waren.

An der Stelle, wo früher die Jungs auf mich gewartet hatten, knallte es. Die vordere Bremse war gerissen. Die Fahrt wurde schneller, ich quetschte mit aller Kraft die hintere Bremse, bis auch sie riss. Aus der Freiheit im Kopf wurde Panik. Rasant ging es der Kreuzung entgegen. Ohne die Sicherheit der Bremsen schien ich hilflos. Das Schicksal wollte also, dass ich bei der Kreuzung in ein Auto knallte, um Tage später neben meinem Bruder im Grab zu liegen.

Ich stellte meine Füße dem schnellen Asphalt entgegen, der sie nach hinten und meinen Körper nach unten riss. Meine Knie raspelten über die Straße. Ich spürte keinen Schmerz, als mein Fleisch als menschliche Bremse die Fahrt verlangsamte. Kurz vor der Kreuzung krachte ich in eine kleine Wiese, die zwischen zwei Häusern lag. Ich stand auf und ließ das Fahrrad und die aufgewühlte Erde hinter mir zurück.

In der Schule sah mich die Lehrerin entgeistert an. Sie hatte unsere Klasse von dem Lehrer übernommen, der nur am Telefonieren gewesen war. Am Elternabend hatte sie gesagt, dass wir noch nicht wirklich lesen und schreiben konnten und unsere Leistungen in keiner Art dem Niveau der Schuljahre entsprachen. Es galt nun, uns in so kurzer Zeit wie möglich das Elementare beizubringen, was die Schule ohne Noten versäumt hatte. Meine Mutter erzählte es mir, fand es aber nicht schlimm. Sie sagte, dass wir nur Kinder seien, und Kinder sollte man nicht mit Erwachsenenkram wie Noten und Rechnen belästigen.

Die Lehrerin schaute sich meine offenen und tiefen Kniewunden an. Und fragte, wie das passiert sei. Sie war eine neugierige Person. Sie wäre eine gute Detektivin gewesen. Sie hatte zum Beispiel herausgefunden, dass meine Fähigkeiten in Rechtschreibung kaum existent waren. Auf ihr Anraten hin hatte mein Vater angefangen, mit mir zu Hause täglich Diktate zu üben, statt den verrückten Gummiball durch den Gang zu jagen. Sie hatte auch gemerkt, dass ich nicht lesen konnte, was sie an die Tafel schrieb. Meine Mutter hatte mich zu einem Augenarzt gebracht und mir eine Brille gekauft, die ich im Schulzimmer tragen musste. In der Schule war ich jetzt die Brillenschlange, und zu Hause musste ich mit meinem Vater lernen, statt mit ihm zu spielen. Als wäre das nicht schlimm genug und als hätte ich etwas Böses getan, schickte mich die Lehrerin jetzt nach Hause. Sie fand, dass es nicht in Ordnung war, dass ich mit offenen Wunden an den Beinen und zerrissenen Hosen voller Blut zur Schule kam.

Die Pedale kratzte an meinen Wunden, als ich mich mit dem Fahrrad ohne Bremsen zurück durch den Wald in die Sicherheit der Terrassenhäuser kämpfte. Die Straße sah ungewohnt leer aus. Das orange Auto meiner Mutter fehlte. Bestimmt war sie im Dorf einkaufen, wähnte sie mich doch in der Schule. Vielleicht war sie gerade im Reformhaus, um die Zutaten für das übel schmeckende Müesli zu kaufen. Und Süßholz, eine süßlich schmeckende

Wurzel, an der ich kauen sollte. Echte Süßigkeiten kaufte sie nicht. Wegen meiner Zähne, die immer Löcher hatten. Ich zog mich am Geländer die Treppe zur Wohnung hoch. Vielleicht war die Haushaltshilfe da. Ich presste den Finger für eine gefühlte Ewigkeit auf die Klingel. Das Klingeln noch im Ohr, humpelte ich zurück zur Treppe und setzte mich. Das Blut an meinen Beinen war eingetrocknet. Aus den Wunden quoll durchsichtiger Saft. So saß ich vor dem verschlossenen Heim und wartete auf meine Mutter.

Ich blickte von der Treppe auf die Straße und die Bucht des Sees. Die Sonne schien und die Vögel zwitscherten, als wäre nichts passiert. Ich sah auf meine Schuhe, fand einen Kieselstein und blickte erst wieder auf, als ich meinen Namen hörte. Luise Graf war so etwas wie meine erste Freundin. Sie wohnte gegenüber und war schon alt. Luise nahm mich mit in ihre Wohnung, hieß mich die Hosen ausziehen und schaute sich meine zerschundenen Knie an. Ihr Hund leckte mir die Hand, als sie mir brennende Flüssigkeit auf die Wunden tupfte. Luise hatte große Augen, und ihr Gesicht war nie ohne Lächeln. Sie sah mich an, als hätte sie Geburtstag und als wäre ich ihr Geschenk.

Abgesehen von meiner Lehrerin, waren Frauen immer nett zu mir. Sie sagten, dass ich süß und freundlich sei. Männer bemerkten das gar nicht. Für Männer musste ich etwas leisten, für Frauen meistens nur sein. Heute konnte ich in der Wohnung von Luise nicht mit ihrem Hund herumtollen. Zu sehr schmerzten meine Beine. Aber ich konnte mich auf den Boden legen und alten Hund spielen. Ich hoffte, dass ich nicht zu einem Arzt musste.

Es war noch nicht lange her, dass ich im Tigerpyjama in der Kinderklinik gelegen hatte. Ein Arzt hatte festgestellt, dass ich nur einen Hoden hatte. Es hätten aber zwei sein sollen. Weiter oben in meinem Körper hatte er den zweiten gefunden. Damit alles seine Ordnung habe, wollte der Arzt ihn hinunterholen. So hatte ich für Tage in der Klinik gewohnt. Meine Mutter an meiner Seite; sie war mitgekommen, hatte sich im Gebäude ein Zimmer für Angehörige gemietet. Auch beim Zahnarzt war sie neben mir gesessen. Er hatte eine Art Maske über meine Nase gestülpt, durch die ich etwas einatmen musste. Lachgas, sagte er. Damit hatte ich nicht mehr geschrien, keine Angst mehr gehabt und die Schmerzen nicht gespürt, wenn er sich an die Reparatur meiner Zähne machte. Männer wollten mich immer reparieren oder mir etwas beibringen. Aber auch Frauen konnten mühsam sein. Meine Mutter wollte mir jeweils etwas in den Po schieben, wenn ich krank war. Und die lächelnde und liebende Luise wollte heute nicht, dass ich mit meinen Wunden ihren Perserteppich beschmutzte. So kletterte ich wieder auf den Stuhl und aß Kuchen, bis meine Mutter nach Hause kam.

Weil erwachsene Frauen durch ihr Erwachsensein in manchem beschränkt waren, konzentrierte ich mich auf Frauen in meinem Alter. Wie Annie, meine Kinderfreundin. Sie wohnte in einem der anderen Terrassenhäuser. Sie war mit ihren Eltern aus England hergezogen und hatte einen Akzent. Wir waren beide blond, und die Erwachsenen fanden uns niedlich zusammen. Mein Vater fotografierte uns, als wir zusammen auf der Schaukel waren, die zierliche Annie auf meinen Beinen sitzend, mir zugewandt. Sie hatte das gleiche Lächeln wie Luise Graf, war ruhig und ließ mich alles entscheiden. Unsere Freundschaft war aber nicht nur süß, sie war auch langweilig.

Außerdem hatte ich noch zwei Freundinnen in der Schule. Die eine hatte mich gefragt, ob ich mit ihr gehen wolle. Nirgendwohin, aber irgendwie zusammen sein, ohne Zeit miteinander zu verbringen. Ich sah keinen Sinn darin, aber es war nicht schwer und ging so gut, dass ihre beste Freundin auch mit mir zusammen sein wollte. Also hatte ich drei Freundinnen, bis auch die langweilig wurden. Als eine vierte aus der Nachbarschaft an unserer Wohnungstür klingelte und mich fragte, ob ich draußen spielen komme, war es mir zu viel, und ich knallte die Tür zu. Ihre Hand wurde dabei eingeklemmt, und am nächsten Tag trug sie einen Gips. Ihre Mutter beklagte sich bei meiner, worauf meine Mutter sagte, dass ich mich entschuldigen sollte. Dazu hatte ich aber keine Lust.

Schließlich hatte ich noch eine Freundin, das behinderte Sabinchen. Meine Eltern hatten mich gebeten, mit ihr zu spielen, weil sie keine Freunde hatte. Sabinchen wohnte in einem kleinen Haus an der Kreuzung, wo die Straße zur Bucht und zur Dorfstraße abging und das Schilf begann. Ihre Eltern hatten einen Laden für Fischereibedarf. Neben dem Laden führte eine steile Treppe hoch in die enge Wohnung, wo ich mit Sabinchen Frau und Mann spielte. Ich saß an dem Tischchen in ihrem Zimmer, und sie servierte mir in einer winzigen Tasse Wasser, das sie auf einer Kochplatte für Kinder heiß gemacht hatte. Sabinchen war nicht langweilig. Schon ihre Erscheinung war spannend. Sie war klein, unglaublich dünn und konnte nur humpelnd laufen. Die Tasse bewegte sich so stark in ihrer Hand, dass das Wasser auf den Boden schwappte.

Der Tag, an dem sie mich in ihre Schule mitnahm, machte mich groß und stark. Wir wurden vor ihrem Haus von einem Kleinbus abgeholt, in dem schon andere Kinder saßen und der auf dem Weg in die Stadt weitere Kinder einsammelte. An ihrer Schule gab es nur behinderte Kinder. Wie einen Erwachsenen hieß mich die Lehrerin auf einem Stuhl für Besucher hinter der Klasse Platz nehmen. In der Pause sprachen mich Jungs an, die mit mir kämpfen wollten. Weil ich nicht behindert war. Sie wollten sehen, ob ich stärker war als sie. Ich konnte sie nicht lange abweisen und musste die Herausforderung annehmen. Ich kämpfte mit zwei Jungs, drückte sie auf den Boden und gewann. Aber ich war nicht stolz darauf. Die Verlierer gingen weg, und keiner wollte mehr mit mir kämpfen. Es fühlte sich seltsam an, normal zu sein.

Ich besuchte Sabinchen nur noch einmal und konzentrierte mich auf Simone. Sie war normal und trotzdem genug seltsam. Sie wohnte ebenfalls in den Terrassenhäusern und war ein Jahr älter als ich. Sie interessierte sich nicht für die Eisenbahn, die mir mein Vater gekauft hatte, und auch nicht für mein Meerschweinchen. Sie fand das alles Kinderkram. Ihre Eltern hatten einen Laden für Bekleidung in der Stadt. Sie erklärte mir Mode, und zusammen machten wir einen eigenen Laden auf. Er war klein und hatte in einem Schuhkarton Platz. Die Kundschaft waren Schlümpfe. Wir kleideten sie mit Alufolie, Stofffetzen und Klopapier ein. Uns selbst gossen wir Wasserfarbe über den Kopf. Am Anfang waren unsere Haare schön bunt. Doch schnell war die Farbe verschwunden und alles wieder normal.

Auch Simone verblasste langsam. Die Möglichkeiten, Schlümpfe mit Alufolie einzukleiden, waren beschränkt. Wie auch die Welt der Terrassenhäuser, wo die Zeit verging und ich jede Ecke kannte. Auf der Baustelle standen längst Mauern. Die neuen Häuser waren fast fertig gebaut. Es war Zeit für mehr Abenteuer. Ohne Erwachsene und ohne Mädchen. Ich war bereit, ein Wölfling zu werden.

Ich zog die blaue Uniform an. Meine Mutter schaute mich ernst an. Vielleicht war sie traurig, weil ich ins Sommerlager ging. Sie fuhr mich zum Bahnhof, wo ich in die Gruppe der bereits wartenden Wölflinge eintauchte. Als der Zug abfuhr, sah ich meine Mutter winken. Man konnte sie nicht übersehen. Sie trug den roten Hut. Wie auf dem Bild, das mein Vater von ihr gemalt hatte.

Wir Wölflinge waren Jungs, die nicht alt genug waren, um Pfadfinder sein zu dürfen. Unsere Leiter waren wie Lehrer. Sie waren streng. Dementsprechend war unser Lager nicht so spannend wie das meines Bruders, das ich mit meinen Eltern besucht hatte. Bei uns gab es kein Ferkel, und ich kletterte auch nicht wie mein Bruder mit einem Seil im Mund im Baum herum. Immerhin gab es Zelte und ein Feuer. Da saßen wir abends, hielten Schlangenbrot über die Flammen und sangen Lieder. Tagsüber mussten wir im Wald einen Schatz suchen. Der Wald war freundlich und von Licht durchflutet, nicht dunkel und gefährlich wie der Wald zu Hause. Als wir den Schatz gefunden hatten, sammelten wir Holz, und die Leiter zeigten uns, wie man ein Feuer macht. Wir schnitzten Figuren und bauten Pfeil und Bogen. Im Küchenzelt gab es heißen Tee nach dem Baden im kalten Bach. Als ich nach einer Wanderung müde war, durfte ich mich in die Hängematte eines Leiters legen. Er setzte sich dazu. Die ganze Woche hatte er meine Nähe gesucht. Ich spürte, dass das seltsam war, aber seine Aufmerksamkeit gefiel mir.

Ich erlebte eine Woche ganz ohne Eltern. Die Nächte brachten einen Sternenhimmel voller funkelnder Punkte. Wer eine Sternschnuppe sah, durfte sich etwas wünschen. Nur in der letzten Nacht regnete es. Ich lag im Zelt und hörte die Wassertropfen gegen den Stoff schlagen. Das Prasseln hüllte mich ein und übertönte das Atmen der anderen im Zelt. Es fühlte sich an, als wäre ich ganz allein auf der Welt.

Als wir in den Bahnhof einfuhren, stand dort meine Mutter mit dem roten Hut. Als wäre sie gar nicht weg gewesen. Sie brachte mich nach Hause. An den Ort, der für mich jegliche Magie verloren hatte. Es gab keine Hexen mehr im Vorhang. Ich hatte oft genug nachgeschaut, um zu wissen, dass keine Monster unter dem Bett waren. Selbst der Wald war nicht mehr so dunkel und grausam.

Ich legte mich in die Badewanne und spürte den Dreck der vergangenen Woche von mir weichen. Der Schaum puffte zusammen, ich schloss die Augen und tauchte ab. Unter Wasser war alles weg. Mir blieb nur das Gehör. Ich summte, und das Summen war gewaltig laut in meinem Kopf. Ich presste mein Ohr an die Wanne, um die Geräusche aus der Wohnung unter uns zu hören. So spionierte ich die Hartmanns aus.

Ich wusste, dass meine Eltern Frau und Herrn Hartmann nicht mochten. Ich mochte ihre Kinder nicht. Die zwei Jungs trugen immer gelbe Gummistiefel, selbst im Sommer. Dicke Brillengläser machten ihre Augen riesig. Mit diesen riesigen Augen glotzten sie mich an, wenn wir zusammen spielten. Ich glaubte zu spüren, dass sie Angst vor ihrer Mutter hatten. Immer wenn sie rief, rannten die beiden schnell ins Haus. Wenn sie in die Nähe kam, zuckten sie zusammen. Einmal nahmen sie mich ins kleine Strandbad bei uns in der Bucht mit. Ihre Mutter zog sich oben aus und zeigte der ganzen Welt ihre Brüste. Die riesigen Augen ihrer Jungs starrten mich an, und ich hätte meine am liebsten zugemacht.

Ich zeigte ihnen, wie man verschwinden konnte. So, dass einen die Erwachsenen nicht fanden. Unsere Wohnung hatte einen Abstellraum mit einer Tür, die ins Nichts führte. Ich öffnete sie und blickte in Finsternis. Drei Stufen aus Metallgitter führten auf der anderen Seite hinunter. Unten trat man auf nackte, kalte Erde. Ich war an einem Ort, von dem man nicht dachte, dass er existierte. Der Hang war schräg, die Terrassenwohnungen gerade. So blieb ein Stück ungenutzter Raum mit aufsteigender Erde, eingemauert und stockdunkel. Ich traute mich ein paar Schritte ins Nichts hinaus, drehte mich um und setzte mich in die Kälte. Vor mir schwebte die offene Tür als ein helles Rechteck in der Schwärze. Es war der einzige Weg zurück. Sofort überkam mich Panik. Hätte jetzt jemand die Tür geschlossen, wäre ich verloren gewesen. In der Kälte und Dunkelheit. Lebendig in einem Grab. Ich trat eilig zurück ins Leben, wo mir der ältere Junge der Hartmanns das Schlüsselbein brach. Er stand auf einem Mäuerchen, als es Streit gab. Ich boxte gegen seine Beine. Er schwankte, fiel aber nicht von der Mauer. Nur seine dicke Brille. Sie zerbrach. Er kickte mir mit seinem Gummistiefel in die Schulter und löste einen Schmerz aus, der wie Feuer brannte. Ich weinte nicht. Den Gefallen wollte ich ihm nicht machen. Ich lief ruhig in unsere Wohnung, wo mein Bruder war. Ich legte mich auf das Sofa. Er setzte sich dazu und zeigte sich ungewohnt sanft. Er war ruhiger geworden. Er versteckte sich in seinem Zimmer und lernte, wenn er nicht in der Schule oder bei den Pfadfindern war. Er spielte nicht mehr mit mir. Vielleicht fand er Spielen, Basteln und Abenteuererleben nicht mehr interessant. Vielleicht wollte er jetzt ganz erwachsen sein. Wir warteten, bis meine Mutter vom Einkaufen kam. Sie fuhr mich in die Klinik, und mein Vater kaufte den Hartmanns eine neue Brille.

Noch weniger als die Hartmanns mochte ich Mark. Er war der Lauteste in meiner Klasse, ich der Ruhigste. Hatte jemand etwas angestellt, fiel der Verdacht der Lehrerin sofort auf ihn, nie auf mich. Dass er ein Hund war, der nur laut kläffte und nicht biss, wurde an jenem Tag klar, als ich ihn vor der ganzen Klasse fertigmachte. Wir durften nur in Hausschuhen in das Klassenzimmer. In meine hatte Mark Kaugummi getan. Meine Socken waren verklebt, und sein Lachen war grell und laut. So grell und laut, dass mich die Wut packte und mein Kopf zu summen begann. Ich nahm ihn in den Schwitzkasten. Sein Hals saß fest zwischen meinem Brustkasten und meinem Unterarm. Ich riss ihn zu Boden und drückte mit voller Kraft zu. Sein Gesicht wurde rot. Ich schaute zu, wie er um sich trat und sich wie ein Wurm wand. Ich würgte das grelle und laute Lachen aus ihm heraus. Als das Summen in meinem Kopf aufhörte, löste ich meinen Griff und stand auf. Der Kreis der Kinder, die sich zusammengefunden hatten, um zuzuschauen, löste sich auf. Mark war für den Rest der Unterrichtspause unsichtbar.

Nach der Schule fragte er mich, ob ich mit zu ihm komme. Seine Mutter könne für uns Spaghetti bolognese kochen. Er fragte, ob ich sein Freund sein wolle. Ich lächelte ihn an und sagte nichts. Das höfliche Lächeln und die fehlenden Worte waren mein Schutz. Die Leute mochten das Lächeln. Und weil ich nichts sagte, ließen sie mich in Ruhe.

Mir wurde klar, dass Mark keine Freunde hatte. Vielleicht fühlte er sich einsam. Ich wollte gar keine Freunde, ich wollte meine Welt für mich allein. Nur manchmal, wenn ich Lust auf Unterhaltung hatte, suchte ich mir einen. Ich fand sie überall. Zum Beispiel bei uns in der Kurve gegenüber den neuen Häusern. Da wohnte Alex. Er war interessant für mich, weil seine Eltern einen Fernseher hatten. Zu Hause hatte ich dieses Fenster zur fernen Welt nicht. Meine Mutter wollte das nicht. Bei Alex saßen wir auf dem Sofa und ließen uns von den sich bewegenden Bildern in das Gerät ziehen. Manchmal setzte sich seine Mutter dazu und zündete sich eine Zigarette an. Als würde es ihr schwerfallen, sitzen zu bleiben, steckte sie die Zigarette in den Aschenbecher und stand wieder auf. So brannte vor uns eine Zigarette nach der anderen nieder. Sie wurden zu Aschegebilden, die nach unten sanken. Erreichte die Glut den Filter, fing es an zu stinken.

Die Mutter sagte, dass sie einkaufen gehe. Als sie weg war, schob Alex eine Videokassette in das Gerät beim Fernseher. Er zeigte mir die Hülle der Kassette. Darauf war eine schreiende

Frau abgebildet, deren Kopf von Vögeln umkreist war. Darunter stand »Alfred Hitchcocks Die Vögel«. Eigentlich nur für Erwachsene, sagte Alex. Im Film fingen die friedlich in den Bäumen singenden Vögel an, böse zu werden. Sie schlugen mit ihren Schnäbeln Fensterscheiben ein und hackten einem Mann die Augen aus. Die Menschen versteckten sich in ihren Häusern und nagelten die Fenster zu. Die Vögel drangen trotzdem ein, und die Menschen rannten zu ihren Autos. Das Einzige, was ihnen blieb, war, schneller zu sein. Die Mutter von Alex war noch nicht nach Hause gekommen, als der Film zu Ende war.

Ich trat in eine neue Welt hinaus. In ihr lauerte das Böse in den Vögeln, die singend meine Welt bezaubert hatten. Ich lief das kurze Stück die Straße hinauf, die zu unserem Haus führte. Die Vögel waren überall. Sie saßen auf dem Geländer der Straße und schauten mich an. Einer flog auf mich zu und nahe an mir vorbei. Ich rannte an den geparkten Autos vorbei, die Treppe hinauf und in die sichere Wohnung. Ich überprüfte, ob alle Fenster geschlossen waren, legte mich mit dem Meerschweinchen ins Bett und hoffte, dass die Vögel nicht eindringen konnten. Sonst blieb mir nur das Öffnen der geheimen Tür im Abstellraum und der Schutz des kühlen, dunklen Grabs, das hinter der Wohnung meiner Familie lag.

Am Morgen saßen mein Vater und mein Bruder an ihren Schreibtischen. Meine Mutter wartete am Esstisch. Ich hätte weinen können, als ich die volle Schüssel Müesli sah. Ich würgte Bissen für Bissen hinunter. Mein Vater setzte sich dazu und erzählte, dass er ein Reh gesehen habe auf der Wiese zwischen Wohnung und Wald. Ich musste an Bambi denken. Der Himmel war blau. Auf der Sitzbank vor den Sonnenblumen hüpfte ein harmlos wirkender Vogel herum.

Dann wurde ich abgeholt. Zu fünft saßen wir im Auto, das die gewundene Straße zum See hinunterkurvte. Die Familie von Robert war gekommen. Er ging in meine Klasse. Auf dem Pausenhof hatte er mir vom Angeln erzählt. Er hatte gefragt, ob ich auch fischen wolle. Mein Ja hatte dazu geführt, dass meine Eltern mir eine Angelrute kauften. Sie war grün und lag im Kofferraum. Wir fuhren ein Stück den See entlang. Der Vater von Robert zeigte mir, wie man die Angel auswarf. Kaum hatte ich das getan, biss ein Fisch an. Ich riss die Angel hoch und sah den Fisch aus dem Wasser auftauchen. Der Vater sagte, dass ich an der Kurbel drehen solle. Ich hatte Angst und übergab ihm die Angel. Er zog den Fisch aus dem Wasser. Das Tier zappelte, und ich sah Blut, als es vom Haken genommen wurde. Ich sah es hilflos und verloren und vergaß vor Aufregung, zu atmen. Sein Leben endete, als der Vater von Robert seinen Kopf auf einen Stein schlug.

Ich war selbst ein Fisch. Das sei mein Tierkreiszeichen, hatte meine Mutter gesagt. Ausschlaggebend für meinen Charakter und meine Bestimmung sei der Zeitpunkt meiner Geburt gewesen. Die Konstellation von Sonne, Mond und Planeten hatte mich und mein Schicksal geprägt. Bestimmt war das beim Fisch ähnlich, der jetzt tot auf dem Stein lag. Die Konstellation am Himmel hatte ihm das Schicksal zugewiesen, heute an meinem Angelhaken aus dem See gezogen zu werden. Die Bestimmung meines Bruders stand auf seinem Grab. Er wurde geboren, um zu sterben. Das Zwergkaninchen war an meiner kindlich groben Liebe erstickt. Der Fisch hingegen war im Dienst meiner Unterhaltung krepiert. So forderte mein Paradies Todesopfer. Aber an jenem Tag am See konnte ich das nicht verstehen.

nur ein vorort

Mein Vater wanderte mit mir den Hang des Berges hinauf, der mit seiner breiten Krone immer streng auf mich herunterblickte, wenn ich auf der Terrasse stand. Der Aufstieg fing beim See an und wurde immer steiler. Bevor wir in den Wald hätten eintauchen müssen, der sich groß wie das Meer vor uns auftürmte, setzten wir uns auf die Wiese. Weit über uns die Felswände und Schluchten. Unter uns der See und das Dorf. Mein Vater erzählte mir, dass in der Urzeit die Gegend von Meer bedeckt gewesen war. Man habe Haifischzähne und Versteinerungen von tropischen Pflanzen im Fels gefunden. Unser See habe sich in der letzten Eiszeit geformt, und schon die Kelten hätten an seinen Ufern gewohnt. Ich blickte hinunter auf die friedliche Bucht. Sie sah aus wie ein Modell einer dieser Anlagen für Modelleisenbahnen, die ich im Verkehrshaus gesehen hatte. Unser Dorf schien von oben betrachtet leer. Man konnte keine Menschen erkennen, nur kleine Häuschen und Straßen, die wie Linien durch die Landschaft gezogen waren.

In der Schule hatte ich gelernt, dass unser Dorf gar kein Dorf war, sondern ein Vorort. Wir wohnten also nicht in der Nähe einer Stadt, sondern an deren Rand. Als hätte jemand einen Sack Sand ausgekippt, waren wir die Sandkörnchen, die am Ende des Haufens lagen. Die Stadt konnte ich nicht sehen. Sie lag hinter der Hügelkette, an deren Auslauf mein kleiner Wald zur Straße mit den Terrassenhäusern führte. Ich sah sie tief unter uns am Hügel kleben. Es sah aus, als müssten sie sich anstrengen, nicht in den See zu rutschen. Mein Vater öffnete seinen Rucksack und gab mir ein Brötchen mit Käse. Insekten kitzelten mich an den Beinen, auf meinem Arm spazierte eine Fliege. Es war friedlich, und weil es nicht friedlich bleiben durfte, erzählte mir mein Vater vom Krieg.

Weil wir nicht mehr auf Türme steigen durften, kletterte mein Vater mit mir auf Hügel und Berge. Als wäre es unsere Bestimmung, in den Himmel zu steigen. Mit dem goldenen Auto fuhren wir den weiten Weg ins Nachbarland, wo es den riesigen Freizeitpark gab. Zusammen mit meinem Vater saß ich gefangen in einem Wägelchen der höchsten Achterbahn. Langsam ging es aufwärts. Es fühlte sich ewig an, und die Menschen unter uns wurden immer kleiner. Ich wusste, dass es gleich ohne Bremsen hinuntergehen würde, alles, was wir jetzt so gemächlich höher und höher fuhren. Bevor wir das Blau des Himmels berühren konnten, hörte der Aufstieg abrupt auf. Ausgeliefert im Wagen, dessen kleine Räder sich kaum auf den Schienen halten konnten, donnerten wir der Erde entgegen. Menschen schrien hinter mir, rasend schnell kam uns der Abgrund entgegen. Ich klammerte mich an den Haltegriff, als säße ich auf meinem Fahrrad. Ich fühlte mich machtlos. Wie auf dem Weg hinunter zur Schule, als die Bremsen gerissen waren. Nur hatte ich heute keine Möglichkeit, mich mit meinem Körper gegen die äußere Gewalt zu werfen. Es blieb nur die innere Ohnmacht.

Auf dem Weg zurück erreichten wir die Grenzstadt, in der mein Vater aufgewachsen war. Auf die im letzten Krieg die Bomben gefallen waren, weil man von den Flugzeugen aus nicht genau erkennen konnte, wo die Grenze lag. Obwohl unser Land nicht im Krieg gewesen war, wie mein Vater erzählte, hatte er die Nächte als Junge im Bunker verbracht, die Kriegssirene in den Ohren. Er hatte die Flugzeuge gehört und auf die Bomben gewartet. Er hatte die Möglichkeit gespürt, dass eine bereits unterwegs war zu ihm, während er ohne Licht im Keller saß, ohnmächtig wie ich auf der Achterbahn. Sein Vater war schon tot gewesen, es blieben die Mutter und fünf Geschwister.

Seine Mutter war dürr und sagte kein Wort, als wir sie besuchten. Sie lebte in einer Klinik für Nervenkranke. Was das war, wusste ich nicht. Mein Vater führte sie vom Eingang zu einer Parkbank, geduldig und sanft. Sie gingen, als wäre Laufen das Anstrengendste der Welt. Endlich saß meine Großmutter auf der Bank. Sie sah aus, als hätte sie schon ewig gelebt. Ich setzte mich zu ihr, und mein Vater machte ein Foto von uns.

Meine Welt war gefüllt mit Geschichten. Meine Oma erzählte ihre nicht mit Worten, sie war ihr ins Gesicht geschrieben. Mein Vater gab seine in kleinen Stücken preis. Hatte meine Mutter eine Geschichte, war es für mich, als würde sie gleichzeitig mit meiner geschrieben werden. Sie schien ohne Vergangenheit. Doch ich war verrückt nach Geschichten. Ich hatte angefangen, selbst Bücher zu lesen, denn mein Vater hatte längst aufgehört, mir welche vorzulesen. Aber er nahm mich mit ins Kino, als »Die unendliche Geschichte« lief. Der Film handelte von einem Jungen, der beim Lesen eines Buches Teil von dessen Geschichte wurde und nur schwer wieder hinausfand. Das Buch erzählte von einem Land namens Phantásien. Es war in Gefahr, durch ein »Nichts« zerstört zu werden. All dies las der Junge und sah sich gezwungen, selbst Figur der Geschichte zu werden, um das Land zu retten, da es sich herausstellte, dass nur er das konnte, und zwar indem er Phantásien von außen neu erschuf. Dabei musste er aber aufpassen, dass er nicht im Buch verloren ging.

Ich selbst lief nicht Gefahr, verloren zu gehen, wenn ich das nicht selbst wollte und in den Raum hinter dem Abstellraum trat. In meiner Welt gab es keinen Unterschied zwischen Fantasie und Realität. Ich erweiterte das mir Dargebotene mit Vorstellungen und Träumen. So ergab sich eine immer größer werdende Welt, die bis über den Rand des Sternenhimmels reichte.

Ein großer Teil dieser Welt entstand in meinem Bett. Dort kniete ich stundenlang, den Hintern auf den Füßen, und schaukelte hin und her. Das beruhigte mich. In meinem Kopf malte ich mir die Zukunft aus. Währenddessen überließ ich den Zimmerboden meinem Meerschweinchen, das sich auf Erkundungstour begab, um sich irgendwo im Geheimen niederzulassen. Wenn ich nicht vergaß, dass es im Raum war, suchte ich es später und brachte es zurück in den Käfig. Die Haushaltshilfe berichtete meiner Mutter, wie dreckig mein Zimmer war. Sie zeigte ihr eine Stelle, wo Meerschweinchenkot lag, und behauptete, kleine Tierchen hüpfen zu sehen. Kaum hatte meine Mutter hingesehen, fing es sie zu jucken an. Sie sagte etwas von Flöhen, und als ich von der Schule kam, war das Meerschweinchen mitsamt Käfig weg.

Mit diesem Verlust fing das Ende meiner Kindheit an. Ich empfand es als Verrat meiner Mutter. Ich sagte ihr, dass sie es nur gutmachen könne, indem sie mir einen Hund kaufe. Sie sagte nichts dazu. Sie saß auf dem Sofa, bis sie in die Klinik musste. Es hatten sich Steine in ihrem Körper gebildet. Gallensteine, sagte mein Vater. Das Sofa war jetzt leer, und Tage später saßen mein Vater und ich im goldenen Auto, um meine Mutter zu besuchen. Sie erholte sich im Süden von der Operation. Das goldene Auto rauschte unter grauem Himmel über die Autobahn und tauchte in einen Tunnel, der kaum ein Ende nahm. Auf der anderen Seite begrüßte uns blauer Himmel und Sonnenschein. Wir kamen an einen See, wo mein Vater abbog und ein Stück einen

Hügel hinauffuhr. Wie zu Hause, dachte ich, nur mit Palmen. Meine Mutter saß auf einer Parkbank vor einem großen Haus. Wie meine Oma bei unserem Besuch nach dem Freizeitpark. Nur lächelte meine Mutter und freute sich, uns zu sehen. Als sie wieder zu Hause war, mietete mein Vater einen Fernseher für sie. Was sie uns verbot, war nicht schlecht für sie. Denn sie müsse im Bett bleiben und sich weiter erholen. Im Bett blieb sie nicht, schnell saß sie wieder auf dem Sofa. Der Fernseher stand verlockend im Schlafzimmer meiner Eltern. Mein Vater und ich waren von ihm angezogen wie Fliegen vom Zucker. Doch meine Mutter wachte streng über das Gerät. Nur einmal durften wir es einschalten. Es lief ein Film über den großen Pfarrer Don Camillo und den kleinen Bürgermeister Peppone. Sie arbeiteten im gleichen Dorf, und schnell war klar, die beiden hassten und liebten sich. Mein Vater und ich lachten wie damals, als wir den Ball durch den Gang gejagt hatten. Meine Mutter sah, wie sehr uns der Fernseher gefiel, und ließ ihn zurückbringen.

Ohne die Steine im Körper war sie leichter und saß nicht mehr nur auf dem Sofa. Sie redete von Astrologie und Physiognomie. Das eine beziehe sich auf unsere Beeinflussung durch die Positionen und Bewegungen von Planeten und Sternen. Wie oben, so unten, sagte meine Mutter. Das andere auf die äußere Erscheinung, den Charakter, den man in jedem Gesicht erkennen könne. Irgendwo hatte sie ein Büchlein schreiben lassen, das erklärte, wer ich war. Aufgrund der Konstellation am Himmel zum Zeitpunkt meiner Geburt. Sie betonte, wie großartig mein Horoskop war. Sie begann auch, mein Gesicht zu analysieren. Abgesehen von meiner Nase, war sie zufrieden. Meine Stupsnase jedoch offenbarte, dass ich willensschwach war, weichlich und verführbar.

Einmal die Woche füllte sich unser Wohnzimmer mit Menschen. Man diskutierte über Ohren und Lippen. Bei diesen Treffen machte ich mich unsichtbar. Offensichtlich hätte der Anblick meines Gesichts genügt, damit mich die Anwesenden wie ein Buch gelesen hätten. Ich wollte nicht, dass jemand wusste, wer ich wirklich war. Für die Erwachsenen sollte ich der lächelnde und höfliche Junge bleiben. Dem man gefallen wollte. Damit das Lächeln nicht verloren ging. Das Aussehen meiner Nase blieb für meine Mutter aber eine Schwäche. Schließlich war ich für sie nicht weniger als der Retter ihrer Welt und als solcher eigentlich fehlerfrei. Dass meine Nase offenbarte, dass ich beeinflussbar war, gab ihr die Aufgabe, meine Reinheit zu schützen. Solange ich ein Kind war, war ich zum Glück in Sicherheit. Denn den Kindern gehöre das Reich Gottes. Das habe Jesus gesagt.

In den Schwächen der Menschen sah meine Mutter eine Aufgabe. Sie gaben ihr die Möglichkeit, zu helfen. So fuhren meine Eltern jeden Samstag zum Blindenheim, um mit Menschen spazieren zu gehen, die in Dunkelheit lebten. Ich begleitete sie, und es fühlte sich seltsam an. Die Blinden streckten die Hände zur Begrüßung ins Leere. Ihre Augen schauten an mir vorbei, wenn sie mit mir sprachen. Einen älteren Mann nahmen wir im Auto mit, um mit ihm auf dem Hügel spazieren zu gehen. Er fragte, weshalb die Straße so schief sei. Ich schloss die Augen und verstand. Ohne Sicht war eine Kurve keine Kurve, sondern es schien, als würde die Straße schräg abfallen. Mein Vater erklärte uns die Täuschung. Er redete von Flieh- und Erdanziehungskraft. Der Mann hörte zu, aber ich glaube nicht, dass er verstand. Er war seit Geburt blind. Er hatte die Welt noch nie gesehen. Auf dem Spaziergang beschrieb ihm mein Vater, was er sah. Die Sonne, die Berge, den See. Als würde er mit Worten ein Bild malen. Ich beobachtete den Blinden und stellte mir vor, wie in seinem Kopf ein Bild entstand. Irgendein Bild, ganz anders als das, was mein Vater sah. Im Kopf des Blinden existierte seine ganz eigene Realität. Wie in meinem. Ich versuchte nie, etwas zu verstehen. Andere Realitäten schienen mir uninteressant. Selbst die meines Bruders war mir fremd geworden.

Als wir an diesem Tag nach Hause kamen, bastelte er in seinem Zimmer an seiner langweiligen Panflöte. Es war eine Arbeit für sein Abitur. Er hatte Bambusrohre zersägt und sie mit einem Steg verbunden. Jetzt lackierte er das Ganze. Er blies in die Rohre und tropfte heißes Wachs hinein, bis ihm der Klang gefiel. Mir blieb die Rolle des Zuschauers. Auch als er uns im Wohnzimmer auf der Flöte vorspielte und Wochen später, in einen Anzug gekleidet, mit seiner Freundin zur Abiturfeier ging. Nach dem Abitur fing für ihn die Grundausbildung in der Armee an, die obligatorisch war.

Mein Bruder trat sie an, als ginge es in ein Lager der Pfadfinder. Nur in anderer Uniform und mit einem Gewehr, das er am Wochenende nach Hause nahm. Er zog mir die viel zu große Uniform an, und mein Vater machte ein Foto. Ich sah lächerlich aus und verschwand in mein Zimmer. Ohne Meerschweinchen, denn das hatte mir ja die Mutter genommen. Mein Bruder kam ins Zimmer und sagte, dass ich mit ihm auf die Straße hinunterkommen solle. Da stand ein grünes Armeefahrzeug. Mein Bruder war Fahrer und durfte es am Wochenende nach Hause nehmen. Ich kletterte auf den Beifahrersitz, und mein Bruder ließ den Motor aufheulen. Zusammen fuhren wir die Straße zum See hinunter und durch das Dorf, das nur ein Vorort war. Der Wagen roch nach Pfadfinderlager und war erstaunlich langsam. Träge lärmten wir über die Hauptstraße, und ich wartete vergebens auf das Gefühl von Freiheit, das ich bei der Fahrt mit der Ente empfunden hatte.

Als wir meinen Bruder besuchten, sah ich, dass das Armeefahrzeug gar nicht so speziell war, wie ich vermutet hatte. Es gab sehr viele von ihnen. Sie standen in langen Reihen hintereinander auf einem Platz. Es waren so viele, dass ich kein Ende ausmachen konnte. Mein Bruder marschierte stolz voraus, wir folgten ihm, mein Vater mit leuchtenden Augen. Ich sah Kanonen, Panzer und dazwischen Massen von uniformierten Menschen. So sah also Krieg im Frieden aus. Mein Vater setzte sich auf ein Gerät, zwischen den Beinen ein langes Rohr. Das ist ein Maschinengewehr zur Flugabwehr, erklärte er. Ich stellte mir vor, wie mein Vater als Junge im Krieg mit diesem Gerät auf die Flugzeuge hätte schießen können, anstatt im dunklen Keller zu sitzen und sich vor Angst fast in die Hose zu machen.

Zurück in der Bucht, war nichts mehr von Armee und Krieg zu sehen. Nur selten wühlte ein Armeeflugzeug den Himmel auf und brach mit einem Knall die Luft. Für uns Kinder war Krieg nur ein Spiel. Unsere Soldaten waren aus Plastik, und wenn wir sie mit den Modellpanzern beschossen, floss kein Blut. Krieg war schnell langweilig. Ich packte die ganzen Figuren und Modelle, die mir mein Vater gekauft hatte, in eine Kiste. Sie waren für mich so uninteressant wie mein Lexikon. Jedes Weihnachten überreichte man mir einen Band. So reichte mein potenzielles Wissen schon bis zum Buchstaben E. Am liebsten war mir, was von meiner Mutter kam. Sie sah in mir keinen kleinen Erwachsenen, sondern ein großes Kleinkind. Sie gab mir einen Riesenteddybären, so groß wie ich. Als Ersatz für das Meerschweinchen. Meine Mutter kümmerte sich um das Wesentliche. Sie bot mir Nähe, wenn ich sie brauchte. Sei es auch nur in Form dieses Teddybären.

Als ich feststellte, dass mein Bär nicht pinkeln konnte, bastelte ich ihm einen Pullermann. Dazu wickelte ich meinen in Alufolie. So bekam ich einen Abguss, den ich mit Watte füllte und dem Teddybären mit Leim zwischen die Beine klebte. Dann fiel mir ein, dass meine Eltern die Veränderung sehen konnten. Niemand sollte den Pullermann des Bären sehen. Ich riss ihn wieder ab und warf ihn in den Müll. Was blieb, war leimverkrustetes Fell. Um es zu verdecken, zog ich ihm alte Shorts von mir an. Jetzt hatte auch mein Teddybär ein Geheimnis zwischen den Beinen.

Das Geheimnis von Mike sah ich, als uns seine Mutter gemeinsam in die Wanne steckte. Mike war neu in unserer Klasse. Er kam wie die Meerschweinchen aus Südamerika. Nur kam er nicht wirklich von da. Seine Familie hatte nur da gewohnt. Trotzdem fand ich Mike exotisch, denn er hatte auf einem fernen Kontinent gelebt. Er kam von so weit her, und doch schien er mir so ähnlich. Allein waren wir gelangweilt, zusammen nicht. Mike war mein erster Freund. Mit ihm machte das Zusammensein Spaß. Wir waren beide ruhig und beobachteten die Welt. Was dem einen an Mut und Energie fehlte, ergänzte der andere. Wir fuhren nach der Schule mit dem Bus in die Stadt. Im Spielzeugladen klauten wir Schlümpfe. Wir waren eins, bis eine Schaufensterpuppe diese Einheit brach.

Sie stand im Zimmer seiner älteren Schwester. Wir waren allein in der Wohnung. Mike führte mich in das mir fremde Zimmer, um mir die Schaufensterpuppe zu zeigen. Er zog sie umständlich aus und legte sie auf das Bett. Dort lag sie bleich und nackt. Ihre Brust war entblößt. Ihre Augen starrten an die Decke. Ich fühlte mich unwohl. Jeden Moment konnte jemand die Wohnung betreten. Mike sagte, dass er mir jetzt das Zimmer überlasse. Ich solle mich ausziehen und mich auf die Puppe legen. Ich solle so tun, als wäre ich schon groß und die Puppe eine echte Frau. Er schloss die Tür hinter sich. Ich stand vor dem Bett und überlegte. Ich saß in der Falle. Würde ich tun, was er mir aufgetragen hatte, würde mich seine Schwester nackt auf ihrer Puppe liegend finden. Ich berührte die mir dargebotene Gestalt.

Sie war hart und kalt. Ich musste warten. Ein bisschen länger noch, dann konnte ich das Zimmer verlassen. Ich musste so tun, als hätte ich es getan. Als hätte ich die Nähe in einer Puppe gefunden, einem Menschen nachempfunden, während ein echter Mensch so nahe war. Wie konnte Mike erwarten, dass ich etwas so Fremdes als anziehend empfand? Wieso schloss er, warm und weich, die Tür zwischen uns und ließ mich mit kaltem Plastik zurück? Ich fragte ihn nicht, als ich aus dem Raum trat. Ich sagte gar nichts. Meine Augen blickten ihn enttäuscht an, während seine mich etwas zu fragen schienen. Es fielen keine Worte. Zum ersten Mal mussten wir schweigen. Alles andere hätte mich überfordert. Außer in der Schule sah ich Mike nicht mehr. Das neue Alleinsein war Einsamkeit.

Ich flüchtete in eine Bekanntschaft mit Christian. Er wohnte an unserer Straße und war ein Jahr älter als ich. In seinem Zimmer hingen Poster, auf denen Menschen abgebildet waren, die er Popstars nannte. Seine Mutter kaufte ihm Magazine über sie. Wir blätterten sie durch und hörten Popmusik. Wenn wir nicht auf seinem Bett saßen, starrten wir im Wohnzimmer in den Fernseher. Seine Mutter bediente uns mit allem, was meine Mutter mir nie gekauft hätte. Es gab Coca-Cola, Chips und Schokolade. Bei mir lagen wir auf dem Rasen unserer Terrasse und schütteten Wasser auf die Straße, als Frau Hartmann zu ihrem Auto ging. Er zeigte mir seinen Pullermann und wollte meinen sehen. Als wäre das kein Geheimnis. Ich mochte nicht, wie Christian roch. Aber ich brachte den Mut nicht auf, Nein zu sagen. Was ich mir vielleicht bei Mike gewünscht hätte, schien mir bei Christian banal. Er fing an, mich bei jeder Gelegenheit anzufassen. Er nannte meinen Pullermann niedlich. Am Sonntag zog er mir in der Garage meines Vaters die Hose hinunter. Das Tor öffnete sich, und mein Bruder trat in den intimen Moment.

Mein Vater hatte meine Mutter. Mein Bruder eine Freundin. Jungs gingen mit Mädchen. Christian war aber kein Mädchen, und das Ganze war unfassbar peinlich. Ich beschloss, doch lieber wieder allein zu sein. Ich brauchte keine Freunde. Ich konnte mir selbst genug sein.

Wie früher setzte ich mich mit meiner Mutter an den Esstisch und trank Schwarztee mit Milch. Als wäre es etwas Schlimmes, bemerkte sie, wie groß ich geworden sei. Die letzten Jahre hatte sie meinem Tun vertrauensvoll zugeschaut. Ich war der Retter. Mein Horoskop versprach eine große Zukunft. Wenn ich aus dem Haus ging, wurde ich von Schutzengeln bewacht. Doch etwas hatte sich verändert. Meine Mutter sah mich nicht mehr als vollkommen, sondern als weißes Papier, auf das sie schreiben konnte. Auf das sie ein Leben malen konnte, das ihrem Ideal entsprach. Ich war nicht mehr das kleine Kind, das einfach nur sein durfte. Musik und Sport, sagte sie. Damit füllte sie meine Freizeit auf. Ich hatte Unterricht in Gitarre, Altflöte und Tennis. Zusätzlich musste ich ein Gitarrenensemble besuchen, wo ich mich mit anderen Kindern in Disharmonie übte.

Dass ich einen Hund wollte, hatte ich vergessen, bis sie einen nach Hause brachte. Sie hatte ihn auf einem Bauernhof gekauft. Er kläffte, war struppig und riss an meinen Hosen. Als fühlte er sich gefangen bei uns, suchte er die Freiheit. Zweimal fanden ihn Nachbarn auf der Straße. Wir waren überrascht, als sie an unserer Tür klingelten, hatten wir ihn doch noch gar nicht vermisst. Meine Mutter brachte ihn zurück zum Bauernhof. Ich erlebte zum ersten Mal, dass die Vorstellung von etwas schöner sein kann als die Realität. Und die Realität schöner als die Vorstellung. Denn gleichzeitig bemerkte ich, dass der Wald gar nicht mein Feind war. Er war für mich keine böse Einheit mehr, sondern

Lebensraum. Die Geräusche kamen nicht von einer gefährlichen Macht, sondern von den Tieren, die da lebten. Ich hörte einen Kauz über mir im Baum. Die Vögel sangen, und ich hoffte, ein Reh zu sehen. Ich kletterte vom Weg hinunter aus dem Sichtfeld der anderen und fand dort meinen geschützten Raum. An einer Stelle wuchs Waldrebe, deren Stängel man rauchen konnte. Das hatte mir mein Vater in einem unbedachten Moment erzählt. Ich brach ein Stück ab, setzte mich hin und zündete es mit einem Feuerzeug, das ich aus der Wohnung mitgenommen hatte, an. Meine Mutter hätte entsetzt geschrien, hätte sie mich gesehen. Rauchen war für sie ganz schlimm. Sie hatte es sogar geschafft, dass mein Vater seine Tabakpfeifen nicht mehr benutzte. Weil ich die Heimeligkeit vermisste, die ich mit dem Duft seiner Pfeifen verband, rauchte ich mit der Waldrebe gegen die Macht meiner Mutter an. Und kein Husten dieser Welt hätte mir diese Rebellion vermiesen können.

Waldreben rauchen war nur der Anfang. Ich ging zu dem Kiosk, wo ich die letzten Jahre Fußballsticker gekauft hatte, fragte die Frau nach Schnupftabak und Zigarettenpapier. Schnupftabak kannte ich von Christian. Nur schnupfte ich ihn nicht, ich rauchte ihn. Ich trug keinen Ranzen mehr, sondern eine Umhängetasche. An meinen Füßen waren Turnschuhe mit Streifen. Meine Füße waren groß. Auf großen Füßen steht es sich besser. Das sagte meine Mutter. Meine Jeans waren von der Marke, die auch mein Bruder trug. Ein Nietengürtel hinderte sie daran, über meine schmalen Hüften zu rutschen. Meine Jeansjacke kam aus Amerika. Bisher hatte mir mein Vater eine Topffrisur geschnitten. Jetzt durfte ich zum Friseur. Ich ließ meine Haare kürzer schneiden und richtete sie mit Gel auf. Vorn und hinten hatte die Friseurin je ein dünnes Schwänzchen stehen lassen. Das hatte ich bei Christian in einem der Magazine über Popstars gesehen.

Am Sonntag zog ich im Raum hinter dem Altar ein weißes Gewand an. Ich war der neue Ministrant. Mein Vater war schon Ministrant gewesen. Als sollte mein Leben eine Kopie von seinem werden, drängte er mich dazu. Ich zitterte beim Abendmahl und verschüttete den Wein. Der alte Pfarrer lächelte mich verzeihend an. Das einzig Schöne war, dass ich im Lager der Ministranten dabei sein konnte. Statt in Zelten wie bei den Wölflingen waren wir in einem Haus. Trotzdem war es eine Woche, die mich aus dem Üblichen befreite.

Hatte ich keine Schule und keinen Musik- und Tennisunterricht, rauchte ich im Wald oder zog mich ins Bett zurück. Ich schaukelte mich weg aus dem Kind in eine erwachsene Version meiner selbst. Ich schloss die Augen und überbrückte den Abgrund, auf dessen anderer Seite meine Zukunft lag. Ich hatte eine hübsche Frau und zwei Kinder. Im Garten meines Hauses wuchs ein Feld mit Sonnenblumen. Zwischen den Blumen spazierten Meerschweinchen herum und hinterließen kleine Kotkügelchen. Vor dem Ganzen stand mein Auto. Es war wie das Auto von Simones Eltern, rot, und hinten stand »Panda« darauf. In meiner Vorstellung tauchte auch Simone selbst auf. Sie war es gewesen, die in meiner Welt nur Kinderkram gesehen hatte. Mit ihr hatte ich meine Haare mit Wasserfarben gefärbt. Inzwischen trug ich hellblonde Strähnchen, die mir die Friseurin gemacht hatte. Mit Simone hatte ich Schlümpfe eingekleidet. Inzwischen kleidete ich mich selbst ein. Es verwirrte mich, dass Simone auch in meiner Welt hinter dem Abgrund existierte. Als ich ihr auf dem Schulweg begegnete, sprach ich sie an. Sie bewunderte meine Schuhe und meine Jacke aus Amerika. Sie lud mich für den nächsten Tag zu sich ein.

Wir saßen auf ihrem Bett. Sie fragte mich aus. Ich wollte sie beeindrucken und gab Antworten, von denen ich dachte, dass sie ihr gefallen könnten. Ich wollte ihre Erinnerung an mich übermalen mit dem Bild eines Erwachsenen. Als hätte sie mich die letzten Jahre beobachtet, fragte sie mich nach meinen vergangenen Bekanntschaften aus. Das Gespräch kam auf Christian. Sie offenbarte mir, dass sie ihn doof finde. Sie fragte mich, ob ich ihn noch mochte. Als wäre das wichtig. Als könnte das zwischen ihr und mir stehen. Ich konnte nicht ahnen, dass das eine Falle war, dass Christian unter dem Bett lag und zuhörte. Ich sagte, dass ich ihn auch nicht mochte, und Simone rief seinen Namen. Er kroch unter dem Bett hervor. Sie lachten. Ihr Lachen war laut und schrecklich. Ich stand auf und ging. Ich flüchtete in den Vorratsraum, öffnete die Tür ins Nichts und schaute eine Weile in die Dunkelheit hinein. Simone hatte mich bloßgestellt. Sie hatte mich verraten. Ich hatte Christian verraten, um ihr zu gefallen. Und ich hatte mich selbst verraten, denn eigentlich mochte ich Simone gar nicht.

Es folgten düstere Tage. Ich schlich zur Schule. Ich hatte Angst, den beiden zu begegnen. Ich versuchte, mich unsichtbar zu machen. Aber es half nicht. Auf dem Weg von der Schule holte mich Christian ein. Er sagte, dass er nicht böse sei. Ich sagte, dass ich es nicht so gemeint hätte. Wieder Freunde?, fragte er. Ich log ihn an. Ich sagte Ja. Meine Welt hatte sich verändert. Wieso brauchte ich Bekannte und Freunde? Ich hatte meine Familie. Drei Menschen, die mich nicht verraten konnten. Doch ich täuschte mich. Es war meine eigene Familie, die mich brach.

Als Erster mein Bruder. Er verließ uns und trat ein Studium in der Hauptstadt an. Er hatte sich da ein Zimmer gemietet. Seine Jugend war zu Ende, bevor meine anfing. Wir waren beide Kinder meiner Eltern. Nun ließ er mich allein bei ihnen zurück. Der Fokus, der auf uns beiden gelegen hatte, konzentrierte sich nun ganz auf mich. Wieso konnte er nicht bleiben, bis auch ich erwachsen war? Was er zurückließ, war eine Leere, die nur ich zu bemerken schien. Mein Vater saß nach der Arbeit an seinem Schreibtisch, als hätte sich nichts geändert. Meine Mutter las auf dem Sofa einen dicken Liebesroman. Ich blieb in meinem Zimmer und wartete, bis meine Kindheit zu Ende ging. Es fühlte sich an wie Sterben mit der Hoffnung auf eine Wiedergeburt.

So erreichte ich das Ende der Grundschule. Die sechste Klasse war vorbei. Man hatte mich dem Gymnasium zugeteilt. Dem Gymnasium in der Stadt, das schon mein Bruder besucht hatte. Meine Mutter hätte mir nur ein anständiges Fahrrad kaufen müssen, wie sie es bei meinem Bruder getan hatte. Doch sie fand es zu gewagt, mich auf die Straße zu lassen. Was für meinen Bruder normal gewesen war, war für mich zu gefährlich. Meine Mutter wollte lieber umziehen. Die Distanz zwischen zu Hause und der neuen Schule wurde von ihr nicht akzeptiert. Weil das Gymnasium nicht zu uns kam, zogen wir zu ihm.

Alles, was wir besaßen, wurde von fremden Männern in Kisten gepackt. Die Kisten wurden in Lastwagen geladen. Wir fuhren zum letzten Mal im goldenen Auto die gewundene Straße zum See hinunter. Wir ließen die Terrassenhäuser und den Wald hinter uns zurück. Mein Vater saß am Steuer, die Mutter neben ihm. Sie trugen die großen Sonnenbrillen. Als würden wir in Urlaub fahren. Ich freute mich, denn ich wusste nicht, was auf mich zukam. Wir schauten nicht zurück. Es war, als könnten wir nichts hinter uns lassen. Weil alles mitkam. Auch der Bruder, der im Sarg lag. Die Pflege des Familiengrabs wurde einem Gärtner aufgetragen. Er sorgte für frische Blumen an dem Ort, wo einmal alles zusammenkommen sollte, was auseinandergegangen war.

vision

goldfische im musikzimmer

Das Gymnasium in Luzern lag direkt am See. Rechts ans Schulareal grenzte ein Park. Er gehörte zu einem Landhaus, in dem ein berühmter Komponist gelebt hatte, wie mein Vater sagte. Nach dem Landhaus folgten Villen, alle am See gelegen an einer schmalen Straße, die mit der Bucht verbunden war, an der ich meine Kindheit verbracht hatte. Wie eine Ameise im Haufen suchte ich auf dem Areal im Gewirr der Gebäude die richtigen Häuser und Zimmer, betrat einen Gang und tauchte andernorts verwirrt wieder auf. Mittendrin, als Orientierungspunkt, die erhabene Aula, erreichbar über vier sich windende Treppen. An das Grundstück der Schule drängten sich der Sportplatz des lokalen Fußballvereins, die Eiskunsthalle und ein Depot der Verkehrsbetriebe. Links davon ein Strandbad mit Park, gefolgt von einer Schiffswerft und Anlagestellen für die Dampfschiffe, die, mit Touristen beladen, das Wasser im See aufwühlten.

In meiner Klasse schien nur einer so verloren wie ich. Er hieß Klaus Friedrich und war Sprössling einer berühmten Automobilfamilie. Sein Urgroßvater hatte den Käfer konstruiert. Seine Eltern waren reich und wohnten in einer der Villen am See. Sie sahen es nicht gern, wenn Klaus Friedrich mit dem Bus zur Schule fuhr, denn man hätte ihn entführen und von ihnen Lösegeld fordern können. Lieber hätten sie ihn von jemandem zur Schule fahren lassen. Doch er weigerte sich und setzte sich durch. Er genoss die Freiheit der Normalität in der für ihn scheinbar so gefährlichen Welt. Wenn uns die Schule mit einem ohrenbetäubenden Klingeln entlassen hatte, schritt der hellblonde, bleiche Klaus Friedrich neben mir her, doch schon an der Busstation trennten sich unsere Wege. Er fuhr nach rechts zu den Villen, ich nach links in die Stadt hinein.

Die Masse der Schüler quetschte sich in die Busse, bis sich die Türen kaum mehr schließen ließen. Ich stand am liebsten beim Faltenbalg. Da zog es den Gelenkbus bei jeder Kurve wie eine Ziehharmonika auseinander. Ich stand eingezwängt zwischen lärmenden Gymnasiasten, während der Bus geräuschlos auf einer eigenen Spur durch die überfüllten Straßen glitt. Am Bahnhof stürmten alle ins Freie, und es bildete sich kurz eine wirre Schülerwolke, um sich sofort wieder aufzulösen. Ich lief zur Haltestelle der Buslinie fünf und wartete zwischen alten Rentnern und Frauen mit Kindern auf den Bus.

Kaum hatte dieser die Leute, die am Bahnhof aussteigen wollten, ausgespuckt, setzte ich mich ans Fenster und betrachtete auf der folgenden Fahrt die vorüberziehende Kulisse der Stadt, in die wir gezogen waren. Die sich so nah an meinem Ursprung befand und trotzdem so unfassbar weit weg gewesen war. Pulsierend lag sie, zwischen Hügeln eingebettet, am See und bot Aussicht auf gewaltige Berge, die sich nicht enden wollend hintereinander auftürmten. Der Bus fuhr am See entlang und überquerte die wild rauschende Reuß. Ich sah die alten Holzbrücken, die sich weiter oben über den Fluss spannten. Überall waren Touristen aus Asien. Sie kamen in Schwärmen und verstopften die Straßen und Gassen, die Gesichter hinter Kameras versteckt. Sie strömten in die unzähligen Uhrenshops, welche die Straße säumten, und sie standen am Seeufer zwischen den Schwänen, Fotokameras vor dem Gesicht. Der Bus bog links von der großen Straße ab, die weiter den See entlangführte, flankiert von großen Hotels. Bei der Hofkirche schwenkte er nach rechts und fuhr eine sich windende Straße hinauf.

Auch hier wohnten wir an einem Hügel. Mit der Stadt verbunden durch die sogenannte Hexenstiege, eine endlos scheinende schmale Treppe, die aus der Enge der Altstadt in ein ruhiges, höher gelegenes Quartier führte. Wer sie betrat, fand keinen andern Weg, musste entweder umkehren oder sich bis ganz hinauf kämpfen. Beim Löwendenkmal fing sie an, einem in Fels gehauenen sterbenden Löwen, und endete kurz unterhalb der Station, an der ich aus dem Bus stieg. Wenn am Sonntag die Sonne schien, verlangten meine Eltern, dass ich mit ihnen über eine weitere Treppe hinauf zum Schlösschen ging, das zuoberst auf dem Hügel stand. Mitten in einem großzügigen Park gelegen, diente es als Hochschule für Musik. Aus den Fenstern drangen Klänge verschiedener Instrumente und lullten die Spaziergänger ein, die über die Wege flanierten.

Unser Haus wirkte nüchtern im Vergleich zum verschnörkelten Schlösschen. Es war dreistöckig und bedeckt mit einem flachen Dach, unter dem sich unsere Penthouse-Wohnung befand. Sie hatte eine umlaufende Terrasse mit Blick auf den Hausberg der Stadt, meinen alten Bekannten Pilatus, der sich, etwas in die Ferne gerückt, aus der Bucht meiner Vergangenheit erhob. Hatte man im Lift den passenden Schlüssel in das Schlüsselloch über den Knöpfen gesteckt, trat man aus dem Lift direkt auf einen der Perserteppiche, die sich durch die sieben Zimmer der Wohnung zogen. Am Esstisch sitzend, blickte ich auf eine Kriegssirene, die auf dem Dach des Altenheims gegenüber angebracht war. Einmal im Monat heulte sie los und erschreckte uns bis in die Knochen. Es wurde getestet, ob sie auch sicher funktionierte. Durch die offenen Fenster drangen die Laute der Gänse am Weiher des Klosters, das sich neben unserem Haus erstreckte.

So lag das Haus eingeklemmt zwischen Altenheim und Kloster, als hätte man bewusst nach einem reizarmen Zuhause gesucht an dem neuen Ort, der potenziell so viele Möglichkeiten bot. Aber mein neues Umfeld hätte noch so viele Reize bieten können, sie wären neutralisiert worden durch die alles beherrschende stille Dumpfheit, die in unserer Wohnung herrschte. Meine Mutter saß, auf mich wartend und auf die Uhr schauend, auf dem Sofa. Mein Vater kam erst spät nach Hause, und mein Bruder besuchte uns so selten, dass meine Erinnerung an ihn zu verblassen begann. Als hätte mich das schleichende Enden meiner Kindheit emotional erschöpft und mich meiner körperlichen Kräfte beraubt, legte ich mich auf mein Bett und ließ Leere und Gleichgültigkeit an mir fressen.

Ein Weg aus der Verlorenheit im Neuen öffnete sich mir, als mein Vater mir den riesigen Schreibtisch und den großen Bürostuhl kaufte. Auf ihm sollte ich sitzen und über Büchern brüten. Aber die Unterlagen für die Schule blieben in der Tasche. Ich brauchte lediglich Papier und Farben, ich benutzte den Schreibtisch, um zu malen. Weißes Papier bot mir Potenzial, es zu gestalten. In ihm sah ich endlos viele Möglichkeiten, und das Malen erfüllte mich mit Leben. Was bei mir als Kind einfach da gewesen war, musste ich nun selbst kreieren. Die Welt der Fantasie hatte sich aus meinen Sinnen verabschiedet und wurde erst wieder auf Papier sichtbar. Als wären meine Stifte magisch, ließen sie auf dem Papier Leben entstehen. Ich malte Menschen, vielleicht sogar Freunde. Ich hatte die Macht, sie aus dem Nichts entstehen zu lassen. Ihre Gesichter waren aber ausdruckslos, ihre reinen Formen starrten ins Leere. Sie hatten keinen Charakter. Als hätte sie das Leben noch nicht gestaltet. Vielleicht zeichnete ich auch nur mich selbst, denn aus meinem Gesicht war das Lächeln und Strahlen verschwunden und einer inhaltslosen Ernsthaftigkeit gewichen.

So stand ich wie passiv zwischen den neuen Kulissen auf einer Bühne, bis ich einen Weg zu agieren fand. Ich verlangte von meiner Mutter Zeichenhefte und ging ins Kunstmuseum. Die Frau an der Kasse fand es seltsam, dass ich ohne Eltern kam. Wie am Gymnasium gab es hier verwirrend viele Gänge und Räume. Nur glaubte ich hier etwas entdecken zu können. An den weißen Wänden hingen bunte Flächen, vor denen ich stand und hin und wieder etwas in mein Heft skizzierte. Manche Bilder waren wie Fotos gemalt, andere zeigten nur Muster. Ein Bild war ganz schwarz. Ich sah es mir an und überlegte, wieso der Künstler wohl so traurig gewesen war. Meine Mutter abonnierte mir ein Kunstmagazin. Darin blätterte ich stundenlang und las sogar die Texte, die zwischen den Abbildungen platziert waren. Inspiration fand ich auch im Museum eines lokalen Künstlers. Es stand beim Verkehrshaus, wo mir mein Vater die alten Autos, Züge und Flugzeuge gezeigt hatte. Ich lief den Quai entlang zwischen Touristen und Schwänen hindurch, bis ich das städtische Strandbad erreichte, wo das Museum lag. Es war klein und die Bilder so groß, dass nur wenige Platz fanden. Während vom nahen Strandbad das Lachen von Kindern zu hören war, zeichnete ich die Bilder ab.

Ich hieß meine Mutter großes Papier kaufen und deckte den wertvollen Teppich in meinem Zimmer mit Zeitungen ab. Mit einem großen Pinsel bemalte ich den Hintergrund mit Brauntönen, die wie Wolken ineinanderdrangen. Ich wischte mit einem feuchten Schwamm über die Farben, bis sie ganz verschwammen und zu einer farbigen Nebellandschaft wurden. Mit schwarzen Stiften zeichnete ich Gesichter in die Farbe. Während ich malte, wurden die Zeit und mein Umfeld unscharf. Alles löste sich auf, und es gab nur noch mich und das Bild. Meine Mutter zeigte sich stolz. Auch wenn sie nicht verstand, was ich malte. Die Blumen, die ich als Kind gezeichnet hatte, waren ihr verständlicher gewesen. Sie betrachtete mein Werk und bestätigte mir, was für ein großer Künstler ich war. Wie früher, als sie meine Kinderzeichnungen gepriesen und an die Wand gehängt hatte. Es war klar, dass in mir ein berühmter Künstler heranwuchs, und es war nur noch eine Frage der Zeit, bis im Kunstmagazin meine Bilder abgedruckt würden und man mir ein eigenes Museum baute.

Die Kindheit lag hinter mir, die Zukunft war geplant, dazwischen lag störend die unnötige Gegenwart. Es schien, als könnte ich nur passiv warten, bis sie vorüber war. Ich war ungeduldig. Meine Jugend hatte noch nicht begonnen, und ich wünschte mir, sie wäre schon vorbei.

Meine Mutter kaufte uns Goldfische. Sie schwammen im Musikzimmer in einer großen Plastikmuschel um einen künstlichen Stein herum, an dem Wasser herunterlief. Die Pumpe surrte den ganzen Tag, das Wasser plätscherte und machte mich nervös. Den Fischen war wie mir nicht bewusst, dass sie in der Falle saßen und man ihnen nur ein bisschen Bewegungsraum gab, damit sie nicht verendeten. Sie schwammen im Kreis, weil die Umgebung sie dazu zwang. Sie waren für meine Mutter Objekte, die ihr in der Unbeweglichkeit ihres Zustands zumindest eine oberflächliche Veränderung boten. Mir bedeuteten die Goldfische nichts, sie gaben mir keine Nähe und waren kein Ersatz für das Kaninchen oder das Meerschweinchen. Sie waren glitschig und kalt und schwirrten davon, wenn ich meine Hand ins Wasser tauchte.

Im Musikzimmer stand auch die elektronische Orgel meines Vaters. Niemand spielte auf ihr und mit mir. Meine Mutter blickte nur auf, wenn ich ihr ein neues Bild zeigte, das ich gemalt hatte und wie die vorhergehenden ein Gesicht zeigte, das emotionslos in die Welt des Betrachters starrte. Meine Mutter war keine Löwin mehr und ich kein Tiger. Vielleicht war ich auch nicht mehr der Retter ihrer Welt. Meine pure Existenz schien ihr nicht mehr viel zu geben. Außer der Möglichkeit, Kontrolle auszuüben. Sie hatte meinen Stundenplan in der Küche hängen und verlangte, dass ich nach der Schule direkt nach Hause kam. In die Museen durfte ich nur, weil sie als ungefährlich eingestuft waren. In die Schule und in den Gitarrenunterricht musste ich, so waren die Museen meine einzige freie Wahl. Sie gaben mir die Möglichkeit, aus dem kleinen Becken auszubrechen, in dem ich ansonsten schwamm.

Die Gewissheit, zu wissen, wo ich war und dass ich dort sicher war, reichte meiner Mutter. Sie stand nur auf, um einzukaufen, zu kochen oder der Haushaltshilfe die Tür zu öffnen. Ihr Dasein schien auf Funktionen beschränkt, und sie lächelte auch nicht mehr, wenn ich nach Hause kam. Nur selten tanzte sie zu klassischer Musik durch das Wohnzimmer und hielt ihre Arme hoch, als würde sie fliegen. Mit einem geistlosen Lächeln im Gesicht, als wäre sie verrückt. Ihr Leben war wie ein fertig gemaltes Bild. Alles schien arrangiert und nicht mehr veränderbar. Wie die künstlichen Blumen, die es in der Wohnung gab, lebte und duftete nichts. Was aussehen sollte, als wäre es am Leben, entpuppte sich sofort als etwas Künstliches, wenn man es anfasste.

Meine Mutter war eine Enttäuschung gewesen. Ihr Vater hatte sich so sehnlichst einen Sohn gewünscht. Er war Gymnasiallehrer für Latein gewesen und hatte sich zu Hause hinter der Zeitung versteckt. Meine Mutter erzählte wenig von ihren Eltern. Von meinen Großeltern war ihre Mutter die Einzige, die noch lebte. Die Großväter waren gestorben, bevor ich geboren wurde, und die Mutter meines Vaters hatte uns keine Möglichkeit gegeben, sie noch einmal zu besuchen. Wenige Wochen nachdem mein Vater sie aus der Nervenklinik geführt und ich mich neben sie auf die Bank gesetzt hatte, hieß es, dass sie in den Himmel gegangen sei. So blieb nur die Mutter meiner Mutter übrig. Selten dachte man daran, dass die Enkel sie besuchen könnten. Mein Bruder tauchte aus dem Exil auf, und zusammen fuhren wir mit dem Bus zum Altenheim, wenig motiviert und genau wissend, was uns erwartete. Das Lächeln meiner Großmutter wirkte säuerlich. Wir saßen in ihrem Zimmer vor einem Stück trockenen Kuchen aus der Cafeteria und glotzten in den Fernseher, bis sie uns wieder wegschickte und jedem von uns einen Geldschein in die Hand drückte. Zu Hause fragte man nicht, wie es gewesen war.

Man sprach sowieso kaum. Waren die Fenster geschlossen, hörte man nicht einmal die Gänse vom Teich. Die Stille machte jede Bewegung laut und störend. Ich ging ins Badezimmer und schloss mich ein. Das Badezimmer und die Toilette waren die einzigen Räume, in denen meine Mutter einen Schlüssel erlaubte. Ich ließ die Wanne volllaufen und zog mich aus. Ich lag so lange im heißen Wasser, bis meine Haut schwammig wurde, und wartete darauf, dass ich mich auflöste.

Es hätte nicht einmal geholfen, krank zu sein: Jeden Sonntag musste ich mit zur Kirche im Kloster nebenan. Meine Mutter setzte einen Hut auf, mein Vater trug einen Sonntagsanzug. Wir setzten uns in die Reihe, die sich als letzte füllte, ganz vorn. Die Orgel dröhnte gegen den ruhigen Sonntag an. Der Organist vergriff sich großzügig in den Tasten, als wollte er uns daran erinnern, dass das Ganze kein Spaß sei. Und als wäre er ein höheres Wesen, sprach der Priester über unsere Köpfe hinweg. Seine dünne, monotone Stimme füllte, technisch verstärkt, das Kirchenschiff aus. Seine Worte wirkten in ihrer Energielosigkeit und Quantität einlullend und legten sich wie eine Decke über die Anwesenden. Hätte man nicht immer wieder aufstehen oder sich hinknien müssen, wäre ich eingeschlafen. Die Orgel dröhnte, und die Leute sangen leidenschaftslos und falsch, die Gesangsbüchlein, die in den Bänken auflagen, vor die Gesichter haltend. Der Priester trank Wein, und wir standen in einer Reihe im Gang, um aus seiner Hand ein dünnes Stückchen Brot entgegenzunehmen. Manche ließen es sich direkt von ihm in den Mund schieben. Sie sahen dabei wie erstickende Fische aus.

Ich kratzte mit dem Fingernagel Rillen in die Kirchenbank. Mein Hintern tat weh vom harten Holz. Beim Hinknien schmerzten meine Knie. Das Ganze schien ewig zu dauern, doch bevor ich sterben durfte, war es vorbei. Traten wir aus der Kirche, lächelte meine Mutter seicht, und mein Vater wirkte entspannt. Kind Gottes zu sein, bedeutete Freude am Leiden zeigen, wie mir schien. Denn ich konnte mir nicht vorstellen, dass irgendjemand gern in die Kirche ging. Meine Eltern hatten mir gesagt, dass Gott immer bei mir war. Nur am Sonntag musste man zu ihm. Abends vor dem Einschlafen betete ich brav. Hätte ich es nicht getan, hätte Gott mir Albträume geschickt und mich bei den Prüfungen in der Schule im Stich gelassen. Und mich vielleicht sogar meiner Fähigkeit zu malen und damit der Zukunft als berühmter Künstler beraubt.

Kind Gottes zu sein, brachte Pflichten. Um mich daran zu erinnern, hatte Gott die Firmung gemacht. Wie der Religionslehrer erklärte, sollte sie meine Verbindung mit der Kirche stärken.

Ich solle sie als Aufruf verstehen, den christlichen Glauben umzusetzen. Sie sei eine Erneuerung des Taufversprechens. Der Lehrer erklärte uns, was das bedeutete: die Absage an das Böse und den Glauben daran, dass es Gott überhaupt gab. Das schien mir nicht schwer. Als Gegenleistung ließ Gott den Heiligen Geist auf mich niederkommen, der mir Weisheit, Verstand und Erkenntnis vermittelte. Und Gottesfurcht, was Ergebenheit aus Angst vor der Bestrafung bedeutete, wenn ich Gottes Vorstellungen nicht entsprach.

Meine Eltern hatten mir einen neuen Anzug gekauft, denn jener von der Erstkommunion war mir inzwischen viel zu klein. Mein starker Pate reiste mit seiner lustigen Frau an, und wir pilgerten den Hügel hinunter zur Hofkirche, wo die Glocken läuteten und der Bischof bereit war, die Hände über mich zu halten. Er legte seine rechte Hand auf meinen Kopf und zeichnete mit geweihtem Öl ein Kreuz auf meine Stirn. Sei besiegelt durch die Gabe Gottes, den Heiligen Geist, sagte er. Die große und schwere Hand meines Paten lag dabei auf meiner rechten Schulter und erzeugte einen unangenehmen Druck.

So nahm mich die Kirche in Besitz, und als Vollbürger im Reich Christi betrat ich den Kirchenplatz, von wo es in ein Restaurant am See ging. Die Sonne schien, und wir wirkten versammelt so friedlich, dass es meinem Vater schwerfiel, die Kamera wegzulegen. Nur einer fehlte auf den Fotos – mein Bruder, er war wie immer anderweitig beschäftigt.

Nicht nur Gott hatte Ansprüche, auch das Gymnasium forderte mich gewaltig. Die Erwartungen waren hoch. Mein Vater arbeitete erfolgreich in der Wirtschaft, und mein Bruder war dabei, Ingenieur zu werden. Wenn man nicht an Gott dachte, schrieb man Zahlen. Wie einst bei meinem Vater und meinem Bruder war mein Schwerpunkt Mathe. Die Alternative wäre Latein gewesen, das wählte man, wenn man Arzt werden wollte. Dieses Interesse gab es nicht in meiner Familie. Mir aber waren auch die Zahlen egal, ich wollte nur eines: Künstler werden. Im Klassenraum saßen Kinder versammelt, die man Streber nannte. Und ich dazwischen, den Blick dem Fenster zugewandt. Als reine Folter empfand ich Sport und Französisch. Beide Fächer wurden vom gleichen Lehrer unterrichtet, einem immer braun gebrannten, drahtigen Mann mit kleinen dunklen Augen und mit grellweißen Zähnen. Sein Lächeln war mehr ein Fletschen. In der Turnhalle wich ich wie der bleiche Klaus Friedrich dem Ball aus, wenn wir Jungs Fußball spielten. Im Französischunterricht war ich schon zufrieden, wenn ich nicht bei Klaus Friedrich ins Buch schauen musste, weil ich meines vergessen hatte. Gab es Klausuren, saß ich vor Papier, das mir keine Freiheit bot, sondern nach Inhalt verlangte, der mir unbekannt war.

Ich war nicht dumm, ich war faul. Ich lernte nicht, ich malte. Ich träumte und wartete, bis alles vorbei war, was mir so hinderlich schien. Sei es die Sonntagsmesse oder der Unterricht. Dem Lehrer mit den weißen Zähnen war das aber nicht genug. Meine Noten in Französisch waren ungenügend, und ungenügend war nicht gut, das bestätigte auch mein Vater. Meiner Mutter war das egal.

Ihr war nur wichtig, dass ich nach der Schule direkt nach Hause kam. Und als man meinen Eltern mitteilte, dass ich entweder wiederholen oder an eine andere Schule wechseln musste, bemerkte sie, dass das Gymnasium halt nicht zu mir passe. Das habe sie doch schon immer gesagt. Meine Mutter saß jetzt nicht auf dem Sofa, sie stand hinter mir. Sie erinnerte uns daran, dass ich sowieso ein Jahr zu jung sei, da ich früher eingeschult worden war. Ich sei noch ein Kind. Meinem Vater blieb keine andere

Möglichkeit, als es hinzunehmen, dass ich nicht den Weg einschlug, der für mich vorgesehen war. Meine Mutter gab mir die Macht, in keine Fußstapfen treten zu müssen, weder in die meines Vaters noch in die meines Bruders, der ihm gefolgt war. Ich lief mit Klaus Friedrich das letzte Mal von den grauen Schulgebäuden zur Straße, wo wir uns verabschiedeten. Er wartete auf der anderen Straßenseite auf seinen Bus. Er fuhr als Mensch der Zahlen nach rechts zu den Villen, ich befreit nach links einer Zukunft als Künstler entgegen. Ich fühlte mich wie ein Gewinner durch mein Versagen. Es war Sommer, meine Schulbücher wurden entsorgt, wir packten die Koffer, und ich trug wie meine Eltern eine Sonnenbrille, als wir zum Flughafen fuhren. Das Gewicht dieses Jahres fiel von mir ab, ich fühlte mich wieder beweglich, und wie aus einem Keller getreten, sog ich die frische Luft ein und ließ mich von der Sonne wärmen. Wir hoben ab, stiegen in den Himmel und landeten auf Sizilien.

Die Ferienanlage war wie ein Dorf und lag am Meer. Die Häuser waren zweistöckig und standen direkt an der steinigen Küste. Ich bekam ein eigenes Zimmer mit einer Terrasse, auf der ich, auf dem Liegestuhl liegend, das Wasser wie endlos vor mir ausgebreitet sah. Durch die Anlage zogen sich dünne, verschlungene Wege, nur befahren von Angestellten in dreirädrigen Rollermobilen. Es gab verschiedene Restaurants, auch ein Lokal für Fischgerichte und eine Pizzeria. Wir aßen in der großen Halle, wo sich die Masse zusammenfand, sich hektisch am Buffet bediente und den Raum mit Sprachen füllte. Frauen brachten mir Essen an den Tisch, weil sie fanden, dass ich zu dünn sei. Sie kniffen mich in die Arme und redeten laut auf Italienisch. Es klang wie Gesang. Den Wein füllte man sich selbst in Karaffen und trank ihn wie Wasser.

Unten an der Küste gab es eine Wasserrutschbahn, auf der ich direkt ins Meer rutschen konnte. Als mein Vater Quallen im Wasser sah, benutzte ich sie nicht mehr. Auch weil es von der abblätternden Farbe auf der Rutsche Stellen gab, die mir die Badehose aufrissen. Wollte man an den Strand, musste man in einen kleinen Bus steigen und wurde mit irrer Geschwindigkeit durch die Gassen des angrenzenden Ortes gefahren. Der Fahrer bremste nie vor einer Kurve, er hupte nur. Meine Mutter schrie und hielt sich den Hut, weil durch die offenen Fenster der Wind durch das Fahrzeug strömte und einem die Haare verwirbelte. Am Strand spazierten wir durch den glühenden Sand und legten uns auf die Liegestühle. Wir ließen die Hitze auf uns einwirken, bis wir keine Wahl mehr hatten und uns im Meer abkühlen mussten. Ich schaute zu, wie mein Vater zu windsurfen versuchte, obwohl es kaum Wind gab. Ich sammelte Muscheln, und meine Mutter kaufte mir in einem Laden kleine Statuen aus Ton, die aussahen, als hätten sie noch die Römer gefertigt.

Abends in der Ferienanlage schwoll ein Konzert der Zikaden an, und ich glaube nicht, dass mir je ein Geräusch mehr Freude und Ruhe vermittelt hatte. Meine Eltern erlaubten mir, mich innerhalb der Anlage frei zu bewegen. Es gab einiges zu entdecken, und ich gab mich mit den Möglichkeiten des begrenzten Raumes zufrieden. Später spazierte ich mit ihnen friedlich schwatzend zwischen den Laternen hindurch über die schwungvollen Wege, als plötzlich ein braun gebrannter, drahtiger Mann mit grellweißen Zähnen vor uns stand. Er hatte eine Frau im Arm und erkannte mich sofort. Es war der Sport- und Französischlehrer vom Gymnasium. Er war es gewesen, der mich aus dem Gymnasium verbannt hatte.

Man lobte den Urlaub. Meine Mutter lachte, mein Vater zeigte sich freundlich, und ich machte mich unsichtbar, bis der höfliche Austausch vorbei war und sich die Gestalt der Vergangenheit wie eine Fata Morgana in der Wüste auflöste, nachdem sie mich so erschreckt hatte. In der Dunkelheit des Abends verschwunden, vom Gesang der Zikaden verschluckt. Der Schreck war vorbei, und für einen Moment fühlte es sich an, als wäre überhaupt nie etwas geschehen und das Leben läge wie ein weißes Blatt Papier vor mir. Über uns leuchteten die Sterne, und meine Mutter hakte sich sogar bei meinem Vater ein.

im sichtfeld der mutter

Immer wieder schwamm einer der Goldfische tot an der Wasseroberfläche. Ich schlug die Augen auf. Ein neuer Tag, und ich lebte noch. Der Himmel war bedeckt, und in der Wohnung war es gefährlich ruhig. Mein Zimmer war meine Höhle in dieser Hölle. Mein Vater hatte mir seinen alten Plattenspieler geschenkt. Ich ließ eine Platte von Nena spielen, »Nur geträumt« hieß das Lied. Sie sang: Ich bin so allein – Mein Kopf tut weh – Ich bin total verwirrt – Ich werd verrückt, wenns heut passiert. Ich legte mich noch einmal aufs Bett. Man konnte es hochklappen, als Teil von einem riesigen Schrank. Über mir waren Regale voller Bücher, die jederzeit auf mich herunterkrachen konnten. Begraben von ihnen, würde ich daliegen, mit offenem Schädel, und der Tag würde ohne mich weitergehen. Neben dem Bett stand zusätzlich ein viertüriger Spiegelschrank. In ihm spiegelte sich der Schreibtisch, hinter dem mein heimliches Reich lag. Manchmal verkroch ich mich dort. Da waren ein kleines Strandradio und ein unglaublich winziger Fernseher versteckt. Beides hatte ich mir heimlich gekauft, um in Momenten der Verzweiflung Kontakt zur Außenwelt aufnehmen zu können. Da befand sich auch meine kleine papierene Sammlung von Jungs und Männern in Unterwäsche und Badehosen. Abbildungen, die ich aus dicken Katalogen herausgerissen hatte, die manchmal mit der Post kamen.

Nena war verstummt, und ich stand auf, öffnete die Tür und lauschte. Ich lief durch den Gang zum Esszimmer, wo bereits die volle Schüssel Müesli stand. Meine Mutter tauchte aus einer Ecke auf und schaute zu, wie ich Platz nahm. Sie setzte sich nicht dazu, sondern lief wie ein gefangenes und in der Verzweiflung gefährlich gewordenes Tier durch die Wohnung. Als ich sie in einem fernen Zimmer wähnte, packte ich die Schüssel und rannte zum kleinen Klo, das außer mir niemand benutzte. Die dicken Teppiche dämpften meine Schritte. Ich kippte das Müesli in die Toilette und eilte mit der leeren Schüssel zurück zum Tisch. Da saß ich, bis meine Mutter wieder auftauchte, die leere Schüssel sah und mir erlaubte, vom Tisch aufzustehen.

Meine Mutter hatte in der Langeweile die Drogen entdeckt. Sie hatte irgendwann etwas darüber gelesen, und in ihrer verrückten Wahrnehmung waren alle Menschen dabei, sich zu berauschen. Sie hatte es sich zum Ziel gesetzt, diesem Irrsinn ein Ende zu bereiten. Es war keine Leidenschaft, Betroffenen zu helfen – es war Krieg. Sie hatte einen sogenannten Bürgerverein gegründet und diktierte meinem Vater abends Leserbriefe, die auch abgedruckt wurden, weil sie in ihrer Radikalität Unterhaltungswert boten. Für meine Mutter war klar: Wer eine Zigarette rauchte oder ein Bier trank, wird zwingend als Nächstes zu Drogen greifen und ein Junkie werden. Selbst Musik war nicht gut, denn Pop- und Rockmusik waren nichts anderes als Propaganda für Drogen, das war ebenso klar.

Sie wollte aber nicht nur die ganze Gesellschaft verändern, sie wollte auch die Verhältnisse in der Ehe klären. Sie sah ihre Rolle als Hausfrau nicht genug gewürdigt und verlangte nun von meinem Vater einen Lohn. Sie wollte Geld, das sie auf ein eigenes Konto legen konnte, denn das gemeinsame Konto, auf dem sein

Einkommen beiden zur Verfügung stand, war ihr nicht genug. Wenn mein Vater von einem neuen Auto sprach, drohte sie, sich scheiden zu lassen, sollte er sich ein neues anschaffen, solange das alte noch fuhr. Und sowieso, wenn schon, müsste es ein gebrauchtes sein und auf gar keinen Fall ein Luxuswagen. Sie kannte seine Leidenschaft für tolle Autos – am liebsten hätte er sich eine rote Corvette gekauft. Doch sie sah es als ihre Pflicht an, all seinen Freuden im Weg zu stehen. Sie fand, dass sie jetzt lange genug Mutter und Hausfrau gewesen sei, und beförderte sich selbst zur Führungsperson der Familie, die sich darauf konzentrierte, zu kontrollieren, ob jeder von uns ihren Anweisungen nachkam.

Was die Haushaltshilfe nicht erledigen konnte, musste mein Vater nach der Arbeit und am Wochenende machen. Er saugte, wusch unsere Klamotten und bügelte seine Hemden jetzt selbst. Auch die Aufrechterhaltung einer emotionellen Verbindung zwischen mir und meinen Eltern wurde an ihn delegiert. Abends schickte ihn meine Mutter in mein Zimmer, damit er überprüfe, ob es mir gut ging. Er setzte sich auf mein Bett und stellte mir unbeholfen Fragen. Er fragte, wie es in der Schule gewesen sei. Er fragte, wie es mir gehe. Gut, sagte ich. Wenn wir alle gemeinsam im Auto saßen und er nicht ganz langsam fuhr oder nicht gleich stoppte, wenn die Ampel auf Gelb wechselte, fragte sie ihn: Willst du mir dieses Kind auch noch nehmen? Ich verstand nicht, was sie damit meinte, und mein Vater sagte nichts dazu. Er zog aus dem gemeinsamen Schlafzimmer in ein eigenes kleines Zimmer. Er könne nicht schlafen, weil meine Mutter schnarche. Das war keine Lüge, meine Mutter schnarchte so laut, dass sie auch nachts die ganze Wohnung beherrschte, als würde sie nicht wollen, dass es irgendeinen Moment von Ruhe und Frieden gab.

Damit ich zur neuen Schule kam, kaufte mir mein Vater ein richtiges Fahrrad. Der Weg zur Schule war zu kurz, als dass öffentliche Verkehrsmittel zur Wahl gestanden hätten, und zu weit, als dass ich hätte zu Fuß gehen können. So musste meine Mutter zähneknirschend zulassen, dass ich nun morgens mit dem Rad zur Schule fuhr.

Ich schwamm durch die dicken und alles verschluckenden Teppiche zum Lift und drückte den Knopf. Meine Mutter stand da und blickte argwöhnisch, als sich die Tür zwischen ihr und mir schloss. Im Untergeschoss öffnete sich die Tür wieder. Falls die Kriegssirene mal nicht nur zum Test gelaufen wäre, hätten wir uns hier im Luftschutzkeller zu sammeln gehabt. Er war mit einer Tür wie bei einem Tresor versehen, und wir hätten hier warten müssen, bis der Krieg vorbei gewesen wäre. Ich trat in den Gang, der in ein Labyrinth aus Gängen führte, die uns mit den umstehenden Häusern verbanden. Im Fahrradkeller nahm ich mein Rad und schob es durch die Tiefgarage zum Tor, das sich öffnete, wenn ich heftig auf einen Drucksensor im Boden trat.

Es nieselte in mein Gesicht, als ich das Fahrrad die steile Rampe zur Straße hochschob. Ich fuhr links auf die Straße und durch das Quartier, vorbei am Kiosk, an der Apotheke und am winzigen Supermarkt. Ich war bei der leichten Kurve, wo sich der Laden für Fernseh- und Radiogeräte befand, als ich den Bus hinter mir hörte. Ich spürte ihn als drohende Gewalt in meinem Rücken und fühlte mich unsicher auf dem Fahrrad. Er tauchte links von mir auf und glitt mit seiner heftigen Masse langsam an mir vorbei. Aus den Fenster schauten mich Gesichter an. Ungeduldig schwenkte der Bus gefährlich nahe vor mir zurück an den rechten Rand, um Sekunden später an einer Haltestelle anzuhalten. Jetzt war es an mir, ihn zu überholen, ohne von entgegenkommenden Autos aufgespießt zu werden. Eine Haltestelle später endete die

Straße, hier wendeten die Busse und kehrten zurück in die Stadt. Ich fuhr über einen asphaltierten Weg zu einem Wald, der die Kuppe des Hügels bedeckte, auf der sich sonst nur noch der Park mit dem Schlösschen befand. Bei einem Spielplatz bremste ich und schob das Fahrrad zu der kleinen Holzhütte, die in der Mitte dieser morgens noch leeren Welt für Kinder stand. Ich stellte das Fahrrad hinter die Hütte, betrat sie, mich durch das Türloch bückend, und suchte in meinem Rucksack nach der Schachtel Zigaretten, die ich vor dem Gehen aus meiner geheimen Welt hinter dem Schreibtisch genommen hatte.

Ich hatte mich beim Kauf für Marlboro entschieden, weil der Mann auf den Plakaten so frei aussah, wie er mit Cowboyhut in der offenen amerikanischen Wildnis in der Dämmerung rauchte. Er stand im großen Kontrast zu der Welt, die sich mir um den Reiz des Plakats herum bot. Ich zündete mit einem Streichholz die Zigarette an und blickte aus dem Fensterloch auf den Weg, auf dem hin und wieder ein Schüler vorbeifuhr. Ich zog den Rauch ein und kämpfte gegen den Hustenreiz. Ein bisschen für mich zu sein, fühlte sich schon wie Freiheit an. Ich genoss den Kick, zu rauchen, auch, weil es für mich streng verboten war. Die Hütte hatte sich mit dem Qualm meiner Zigarette gefüllt, und ich fühlte mich so schwummrig, dass ich mich kurz auf den Boden setzen musste, bevor ich wieder in den Nieselregen hinaustrat.

Der Weg führte nun ein kurzes Stück durch den Wald direkt zu einer großen, stark befahrenen Straße. Auf dem Fahrradweg fuhr ich das kurze Stück, bis ich links die Schulgebäude erreichte, die am Fuß eines weiterführenden Hügels lagen. Oberhalb der Schule befand sich ein Heim für Jugendliche, darüber ein weiteres Schlösschen, hinter dem sich eine große, flache Ebene auftat, die als Golfplatz diente. Meine Schule hieß Schlosshalde, doch der Name und die Lage waren das Einzige, was sie auszeichnete. Sie war für Jugendliche, die eine Berufslehre machen wollten. Ich war kein Gymnasiast mehr, gehörte nicht mehr zur Elite, sondern hätte jetzt wunderbar normal sein können. Ich stellte mein Rad in den Fahrradraum und lief über den mit Platten ausgelegten Platz zu dem Gebäude, in dem sich mein Klassenzimmer befand. Herr Schulz unterrichtete in der ersten Stunde Französisch. Er war dick und hatte einen roten Kopf. Hatte jemand die Hausaufgaben vergessen, wurde sein Gesicht dunkelrot. Schulz regte sich immer unglaublich schnell auf und schmiss Gegenstände durch den Raum.

Die zweite Stunde gab Herr Neumann, unser Klassenlehrer. Seine Haare waren schlohweiß, obwohl er noch relativ jung war. Er trug gern farbige Klamotten, diesmal eine grellgrüne Hose und einen blauen Pullover mit einem abenteuerlichen Muster. Eigentlich war Neumann in Ordnung. Doch einmal hatte er mich gebeten, nach dem Unterricht zu bleiben. Er fragte mich, wie oft ich dusche. Eine Schülerin habe ihm gesagt, dass ich stinke. Ich mochte keine Mädchen. Keiner der Jungs in meiner Klasse mochte Mädchen. Und sie mochten uns nicht. Sie standen in der Pause in Gruppen auf dem Pausenplatz herum, kicherten unangenehm laut oder tuschelten gefährlich leise. Ich hielt mich lieber von ihnen fern. Heute, indem ich mit Matthias und Stefan zu dem kleinen Weiher hinter dem Schulhaus ging. Matthias war der Sohn des Leiters des Kinderheims, das oberhalb der Schule lag. Er war dürr, lachte gern, hatte wirre Haare und war so etwas wie unser Klassenclown. Stefan dagegen war ernst, dicklich und hatte rabenschwarze Haare, die er sich mit Gel an den Kopf klebte.

Es hatte aufgehört zu nieseln. Am Weiher suchten wir nach Molchen. Matthias und Stefan fingen welche, und ich ließ mich überreden, einen auf meine Hand setzen zu lassen. Das kleine, schwarze Tier lag kalt auf meiner Haut, und die kleinen Augen starrten mich an. Irgendjemand hatte uns erzählt, dass bei Molchen die Beine wieder nachwachsen, wenn man sie ihnen ausriss. Matthias und Stefan ließen die Molche zurück ins Wasser plumpsen, und wir liefen an den Fenstern der Räumlichkeiten für den Kunstunterricht entlang zurück auf den Pausenplatz, wo uns bald der schrille Ton der Glocke zurück ins Klassenzimmer rief.

Nach der dritten Stunde bat Herr Neumann Matthias, Stefan und mich, nach der letzten Stunde zu Herrn Brandt zu kommen, dem Lehrer für den Kunstunterricht. Herr Brandt mochte mich, er sah mich als den Künstler unter den Schülern und betonte immer wieder, dass ich nach Schulabschluss unbedingt an die Kunsthochschule müsse. Jetzt stand er mit ernster Miene da, wir saßen auf Geheiß vor ihm in einer Reihe und wussten nicht, was kommen würde. Er habe gesehen, wie wir Molche gequält und danach in den Weiher geworfen hätten. Der sonst so ruhige Mann zeigte sich erzürnt und ließ anklagende Worte auf uns niederprasseln. Lehrer Neumann stand daneben und schaute uns streng an. Ich weiß nicht, wie es Matthias und Stefan erging, ich aber wurde wütend, unglaublich wütend. Doch ich schrie nicht, ich stand auch nicht auf – ich begann zu weinen. Während mir die Tränen hinunterliefen, sagte ich leise, dass wir uns für Tiere interessierten und uns die Molche lediglich angesehen hätten. Aber weil das anscheinend ein großes Verbrechen sei, würden wir es nicht mehr tun. Es herrschte Stille, bis Herr Neumann sagte, wir könnten gehen.

Als wir aus dem Gebäude traten, durchbrach gerade die Sonne die Wolkendecke. Wir erwähnten den Vorfall nicht und taten, als wäre nichts geschehen. Matthias lief den Hügel hinauf zum Heim, und Stefan und ich holten unsere Fahrräder. Zum wiederholten Mal bestaunte ich sein Mountainbike mit den achtzehn

Gängen. Viele Jungs hatten so ein Fahrrad, nur ich durfte keines haben. Meine Eltern verstanden die Zeit nicht, in der wir lebten. Wenn mich Mitschüler irgendwo mit meinen Eltern sahen, erzählten sie mir darauf, dass sie mich mit meinen Großeltern gesehen hätten. Ich korrigierte sie nicht. Meine Eltern hätten wirklich meine Großeltern sein können. Beide waren bei meiner Geburt vierzig Jahre alt gewesen. Es war, als fehlte eine Generation zwischen uns. Meine Eltern lebten in einer Welt, die es nicht mehr gab. Irgendwie verloren in der heutigen Zeit, sahen sie in Veränderungen nur Gefahren und Verwirrungen, selbst in einem Mountainbike.

Im Gegensatz dazu bekam Stefan von seinen Eltern alles gekauft, was er wollte. Er hatte eine große Sportuhr, einen Walkman, eine teure Bomberjacke und immer wieder neue Turnschuhe. Er hatte einen eigenen Fernseher mit Videorekorder, eine Stereoanlage und bekam wöchentlich die neusten CDs geschenkt. Ich hatte nur die Platte von Nena, die mir meine Mutter in einem großzügigen Moment gekauft hatte, als ich sechs Jahre alt gewesen war. Zusammen mit einer Single von Nicole mit dem Lied »Ein bisschen Frieden«. Ein bisschen Frieden wäre schön gewesen. Aber ich befand mich zu Hause im Zustand eines kalten Krieges. Es schien, als könne jederzeit die Kriegssirene losheulen, die ich vom Esstisch aus durchs Fenster sah.

Stefan und ich fuhren in Schlangenlinien auf der Quartierstraße. Stefan wohnte woanders, aber er wollte mich begleiten. Er hatte Zeit, er musste nach der Schule nicht nach Hause. Ich erschrak, weil ein Auto hupte, und erinnerte mich an die Mahnungen, dass die Straße gefährlich sei. Ich fuhr sofort an den Straßenrand. Beim Kiosk stellten wir unsere Räder hin und betrachteten die bunte Auslage. Ich bekam kein Taschengeld und sah mich gezwungen, meiner Mutter Geld zu stehlen, um zu überleben:

Wenn sie auf der Toilette war, nahm ich ein paar Münzen aus ihrer Geldbörse. Die Kioskfrau fischte für mich drei farbige Kugeln aus einem Glas, und Stefan ließ sich einen Schokoladenriegel geben. Ich kaute an einer der Kugeln, als wir an der Klostermauer entlang zum Weg fuhren, der in den Spielplatz führte, der zwischen den Häusern lag, wo ich wohnte. Wir stellten die Räder vor unser Haus, und ich log, dass ich pinkeln müsse. Ich ließ Stefan unten warten, steckte im Lift den Schlüssel ins Loch, der mich in unsere Wohnung brachte. Meine Mutter stand da wie ein Monster, schaute mich an und sagte nichts. Sie ließ mich fragen, ob ich nochmals nach unten gehen dürfe. Auf den Spielplatz, sagte sie. Da konnte sie mich im Blick behalten.

Regelmäßig stand sie auf der Terrasse und schaute hinunter. Wie ein Wärter stand sie auf dem Turm über dem Gefängnishof, in dem ich mich bewegen durfte, die Grenzen definiert durch ihr Sichtfeld. Unten hatte sich Stefan als Besucher des Gefangenen hingesetzt und blätterte in einer Zeitschrift über Popstars. Er erzählte mir, wie die Musik der Stars klang und was sie so machten. Ich durfte kurz den Kopfhörer seines Walkmans aufsetzen, etwas Musik hören, und er zeigte mir im Magazin das Gesicht zur Stimme. In der Zeitschrift gab es auch Stickers, die er mit mir teilte und die ich auf mein Fahrrad klebte. Poster gab er mir keine, weil ich sie nicht hätte aufhängen dürfen. Also tat ich so, als wolle ich sie nicht. Ich behauptete auch, dass ich keine Zeit habe, als Stefan fragte, ob wir uns am Wochenende treffen könnten, um zusammen in die Innenstadt zu gehen. Als wir das Magazin zu Ende geblättert hatten, entschied er sich dazu, noch ein bisschen herumzufahren. Vielleicht zum CD-Laden, sagte er.

Ich sah ihm und seinem Mountainbike nach. Er schien so frei, und ich hatte den Bewegungsradius eines Kindes. Ich schaute hoch. Meine Mutter stand auf der Terrasse und blickte auf mich hinunter, immer wieder, völlig unberechenbar, sodass es sich anfühlte, als würde sie immer oben stehen und jede Bewegung beobachten. Ich durfte für eine tolerierbare Zeit aus ihrem Blickfeld treten. So ging ich ins Haus und in die Tiefgarage hinunter, wo in der Ecke für Motorräder und Mofas mein alter Gokart stand. Ich schob ihn die Rampe hoch und setzte mich auf den schmalen Sitz. Wenn ich die Beine anwinkelte, konnte ich treten. Ich hatte ihn auf Auto getrimmt, ein Nebelhorn und eine Vorrichtung aus Karton angebracht, die ein Armaturenbrett vortäuschen sollte, in der Hoffnung, dass das Ganze so weniger kindlich aussah. Als der Jugendliche mit dem Gokart fuhr ich den Weg entlang, der von der Straße zum Spielplatz führte, der sich, umschlossen von gepflegten Hecken, in der Mitte der Häuser befand. Auf jeder Seite führte ein Weg zu einem Haus.

Ich fuhr alle Wege ab und kreiste um den Pingpongtisch, an dem nie jemand spielte. Die Kinder in der Nachbarschaft waren zu klein dazu, und die Erwachsenen arbeiteten lieber, gingen zum Supermarkt oder versteckten sich in ihren Wohnungen. Es knirschte unter den Rädern des Gokarts, weil sich neben dem Pingpongtisch ein großer Sandkasten mit einer Rutsche und einer Schaukel befand. Im Sand solle man nicht spielen, hieß es, denn da machten die Katzen hin. Der leichte Wind blies die winzigen Körner über die Wege, und die Stille und meine Verlorenheit fühlten sich so an, als wäre ich allein in einer erkalteten Wüste. Bis der kleine Tommi mit seiner Mutter um eine Ecke der Hecke kam. Die junge Frau fragte mich, ob er ein bisschen bei mir bleiben könne. Ich war froh, denn Tommi war lieb, und sein Gesicht leuchtete, wenn er mich ansah. Er nahm sofort meine Hand und wollte getragen werden. Er wollte die Höhle entdecken gehen. Damit meinte er die Gänge, die unter uns von den Häusern zur Tiefgarage führten.

Meine Mutter sah es nicht gern, wenn ich mit den kleinen Kindern spielte. Sie fand das seltsam. Am liebsten hätte sie gehabt, wenn ich allein stundenlang auf dem Gokart um den Pingpongtisch gefahren wäre oder, noch besser, wenn ich gar nicht erst die Wohnung verlassen hätte. Einmal hatte mich Tommis Mutter zu sich hineingebeten, und nachdem ich meine Mutter gefragt hatte, durfte ich mit Tommi und ihr Spaghetti mit Tomatensauce essen. Sie war so nett, und ich war neidisch auf Tommi, weil er eine liebe Mutter hatte und nicht so eine wie ich. Sie war fröhlich, herzlich und nicht so kalt wie meine.

Nachdem ich Tommi durch die Gänge getragen hatte und einmal das Licht ausgegangen war und er ängstlich gelacht hatte, war er müde, und ich brachte ihn zurück zu seiner Mutter. Jetzt stand ich wieder allein zwischen den Häusern. Vielleicht hatte ich Glück und es kam noch jemand auf den Spielplatz. Bis dahin fuhr ich weiter mit dem Gokart die Wege entlang, hinauf und hinunter, nach rechts und nach links und wieder um den Pingpongtisch herum. Um die mich würgende Ruhe zu brechen, ließ ich das Nebelhorn aufheulen, das ich an meinen Gokart geklebt hatte. Der Ton zerriss die tödliche Stille und hallte von den Häusern zurück. Ich hörte Stimmen, und als wäre ich ein Schiff in Seenot, eilte man mir zur Hilfe. Es waren Andi und seine kleinere Schwester, die hinter der Hecke auftauchten.

Andi war Viertklässler und schien etwas von mir zu wollen. Das verwirrte mich. Als ich einmal mit der alten Fotokamera von meinem Vater unterwegs war, hatte er sich die Hose ausgezogen. Er wollte sich von mir in Unterhosen fotografieren lassen. Meine Mutter hatte mir die entwickelten Fotos nicht gegeben, sondern sie kommentarlos weggeworfen. Andi hatte auch vorgeschlagen, Doktor zu spielen, als ich ihn und seine Schwester einmal mit in unsere Wohnung genommen hatte und sich meine Mutter gezwungen sah, uns kurz allein zu lassen, weil sie etwas einkaufen musste. Er hatte sich auf mein Bett gelegt, und ich musste fragen: Was tut Ihnen weh? Der Penis, hatte er mit ernster Miene geantwortet. Als Nächstes hätte ich fordern müssen: Machen Sie sich frei, damit ich mir das anschauen kann. Ich hatte es nicht gesagt, obwohl ich neugierig war. Ich dachte, dass das nicht erlaubt war, und da war ja noch seine Schwester, die sich schon aus Scham weggedreht hatte. Sie hätte es bestimmt jemandem erzählt. Ich hatte gespürt, dass Andi enttäuscht war, dass ich das Spiel abgebrochen hatte, bevor es wirklich begonnen hätte. Aber ich wusste genau, was die Erwachsenen dazu gesagt hätten. Mein Vater hätte es Schwulität genannt, meine Mutter Schweinerei.

Heute hatten sich Andi und seine Schwester auf den Pingpongtisch gesetzt. Ich saß noch im Gokart, schaute zu ihnen hoch und erschrak, denn hinter ihnen sah ich meine Mutter, die auf der Terrasse stand und auf uns hinunterblickte. Es wirkte, als genieße sie die Macht, die sie auf mich ausüben konnte. Ich wünschte mir, dass sie in diesem Moment von einem Blitz getroffen würde oder aber von der Terrasse hinunterfiel, um unten tödlich aufzuschlagen.

Andi unterbrach meine Gedanken, als er bemerkte, dass gleich »Knight Rider« im Fernsehen kam. Er erklärte mir, dass das eine Serie war, die von einem Mann handelte, der zusammen mit einem sprechenden Auto gegen Unrecht und Verbrechen kämpfte. Als er fragte, ob ich mitkommen wolle, sagte ich wider meine Gewohnheit Ja. Ich ließ den Gokart stehen und lief mit Andi und seiner Schwester in das mir fremde Haus, in dem sie wohnten, in die mir fremde Wohnung und setzte mich mit ihnen auf ein mir fremdes Sofa. Ich ließ meine Mutter im Unwissen zurück. Ich hatte ihr Sichtfeld verlassen und ließ sie damit die Kontrolle über mich verlieren.

Im Fernseher sah ich Amerika. Das Land vom Marlboro-Mann, das so weit weg, spannend und wunderbar sein musste. Obwohl die Sendung mitreißend war, schaute ich immer wieder auf die Uhr, weil ich wusste, dass jede Sekunde, die ich hier saß, meine Mutter verrückt machte. Ich hatte Angst vor ihrer Reaktion, aber ich hatte keine Wahl, wollte ich doch versuchen, ihren Bann zu brechen. Als der Film zu Ende war, spürte ich die Möglichkeiten von Weite, Raum und Freiheit. Ich wäre gern geblieben, aber ich wusste, dass mein vorgesehener Platz woanders war. Ich wäre hier sowieso bald nach Hause geschickt worden. Hinein in die Wut, die mich erwartete.

Als könnte ich einen Donner hören und wollte dem möglichen Regen zuvorkommen, rannte ich auf den Spielplatz und fuhr in Eile mit dem Gokart zur Rampe der Tiefgarage. Unten stellte ich ihn neben ein Mofa und griff über dem Kasten für das Garagentor nach Streichhölzern und einer Zigarettenpackung, einem Probemuster mit nur drei Zigaretten. Ich hatte sie irgendwann dort versteckt. Eine war noch übrig. Ich rannte wieder die Rampe hoch, über die Straße und einen Weg hinauf in eine Seitenstraße hinein. Als ich mich sicher fühlte, zündete ich die Zigarette an. Mein Gang war langsam geworden, mein Atem beruhigte sich, und ich schlenderte wie jemand ohne Ziel rauchend den Gehweg entlang. Ich ließ den Rauch durch mich strömen und blies ihn in den frühen Abend hinaus. Die Uhr sagte mir, dass wir jetzt normalerweise das Abendessen beendeten. Als hätte mich der Mut zum Widerstand mit dem Rauch durch den Mund verlassen, fühlte ich plötzlich übermächtig Angst in mir aufsteigen.

Ich ließ mich vom Lift hinauffahren, wo ich die Tür verschlossen fand, die es zwischen Lift und Wohnung gab und die normalerweise offen stand. Ich sah bestätigt, dass meine Mutter wohl gar keine echte Angst um mich hatte. Sonst hätte sie sich gefreut, mich zu sehen. Stattdessen wollte sie mich bestrafen. Sie hatte die Wohnung von innen verschlossen und verweigerte mir den Zugang. Der Krieg schien ausgebrochen, ohne dass die Sirene auf dem Altenheim geheult hatte. Ich fuhr mit dem Lift ein Stockwerk hinunter und versuchte es über das Treppenhaus, wo sich der offizielle Eingang zur Wohnung befand. Als ich den Schlüssel ins Loch führte, spürte ich einen Widerstand. Auf der anderen Seite steckte bereits ein Schlüssel. Ich klingelte und wartete. Niemand öffnete, und ich hörte nicht das geringste Geräusch in der Wohnung. Ich klingelte wieder, dieses Mal länger. Was sollte ich tun? Ich setzte mich auf den Boden, weil ich nicht wusste, wohin ich hätte gehen können. Ich sah keine andere Möglichkeit, als die Strafe zu akzeptieren. Im Haus war es ruhig, es wurde langsam dunkler, und ich hörte meinem Atem zu.

Als mir meine Mutter nach einer Ewigkeit die Tür öffnete, wusste ich, dass sie gewonnen hatte. Aber in mir war endgültig gestorben, was ihr vielleicht doch nicht unwichtig war; die Liebe des Kindes zu seiner Mutter.

vom blitz getroffen

Draußen schien die Sonne, und in meinem Zimmer drehte sich
die Platte von Nena: »Ich bleib zu Hause, ich bleib im Bett ... Die
Stones spielen vorm Haus, und das Heer tanzt Ballett«. Der Spiegelschrank zeigte mich am Schreibtisch sitzend, über ein Blatt
Papier gebeugt. Die Welt außerhalb der Wohnung war für mich
auf die Schule, den Schulweg und den Spielplatz vor dem Haus
beschränkt. Um weiter gehen zu können, war ich auf meine Fantasie angewiesen. Meine Kreativität stieß beim Malen aber schnell
an Grenzen, denn mehr als stumme Gesichter kreieren konnte
ich so nicht. Um den Gesichtern eine Sprache zu geben, begann
ich Comics zu zeichnen. Mir wurde bewusst, dass mir die ge-
schriebene Sprache mehr Möglichkeiten bot. Das Papier wurde
zu einem Zuhörer, den es sonst in meiner Welt nicht gab. Es war
ein Adressat, der mit offenen Armen alles unkommentiert entge-
gennahm. Papier ermöglichte mir auch, meine Bedürfnisse und
Vorstellungen zumindest in einer zweidimensionalen Form auszuleben.

Aber die wichtigste Entdeckung war, dass bereits beschriebe-
nes Papier mir die Möglichkeit gab, am Leben der anderen teil-
zuhaben, die Welt zu bereisen und bei Abenteuern und Erlebnis-
sen dabei zu sein. Dass draußen die Sonne schien, störte mich
nicht, denn drinnen lief Kopfkino. Ich lag auf dem Bett, einge-

taucht in die spannende Geschichte eines Buches. Im Hintergrund lief »Leuchtturm« von Nena: »Ich geh mit dir, wohin du willst, auch bis ans Ende dieser Welt«. Aber ein Ende schien es nicht zu geben, nur einen Anfang; die Stadtbibliothek. Meine Mutter begleitete mich, und als sie sah, dass man in der Bibliothek keine Drogen nahm, durfte ich allein hingehen. Die Bücher berauschten mich, ich lief von Regal zu Regal, blätterte durch Bildbände und sah mir Fotos von nackten Menschen im Urwald an. Es war ruhig, selbst die Schritte wurden durch einen Teppich gedämpft. Die Bibliothek gab mir nicht nur die Möglichkeit, für eine Stunde allein in die Innenstadt zu gehen, sie machte mir auch klar, was mich in meiner Gefangenschaft retten würde: Meine Mutter konnte mich zwar einsperren, aber meine Gedanken waren frei.

Ich fand unter den Büchern für Jugendliche die Reihe »Die drei ???«. Sie handelte von drei Jungs aus dem fiktiven Städtchen Rocky Beach, die auf einem Schrottplatz in einem versteckten Wohnwagen einen Kriminalfall nach dem anderen lösten. Ich las auch »Fünf Freunde«, Bücher über vier Jugendliche und einen Hund. Die Abenteuer spielten am Meer, an einer felsigen Küste mit Leuchtturm. Die Freunde packten morgens Sandwiches ein und gingen in der rauen Umgebung Rätseln auf die Spur. Auch ich strich mir ein Brot, bevor ich mich aufs Bett legte und in ihre Welt eintauchte. Ich fühlte mich, als wäre ich der sechste Freund. Ich war aus der kleinen Welt ausgebrochen, in die man mich gezwängt hatte. Ich hatte Freunde, erlebte Abenteuer und kämpfte gegen Unrecht an. Bis das Buch zu Ende war und mich die Realität wieder gefangen nahm.

Ich konnte aus der Bibliothek nicht genügend Bücher mitnehmen, um die ganze Zeit zu füllen. So setzte ich mich an den Schreibtisch und fing selbst zu schreiben an. Meine Mutter platzte manchmal in mein Zimmer und schien sich zu freuen, mich schreibend zu sehen. Sie kaufte mir eine elektronische Schreibmaschine mit einem Einzeilendisplay. Darauf sah ich, was ich tippte, bis die Zeile zu Ende war und die Schreibmaschine auf das Papier hämmerte, was ich geschrieben hatte. Es klang wie ein Maschinengewehr, das regelmäßig die Stille zerriss. Ich taufte die Maschine Fridolin und besuchte auf Rat meiner Mutter einen Schreibmaschinenkurs an einer privaten Schule, um das Zehnfingersystem zu lernen. Draußen war der Sommer längst vorbei, und die Tage wurden kürzer. Ich saß in einer Blase und kreierte Geschichten, nahm ein vollgeschriebenes Papier nach dem anderen aus der Maschine und hatte sogar eine Möglichkeit entdeckt, meine Texte zu veröffentlichen; in einem Magazin, das Geschriebenes von Jugendlichen publizierte.

Doch das reichte mir nicht. Ich schrieb auf Fridolin ein ganzes Buch. Es handelte von einem Jungen in meiner Stadt. Er hatte viele Freunde und eine junge Mutter, die mehr Freundin als Mutter war. Er war frei, mutig und erlebte spannende Abenteuer. Im Frühling tippte ich das Wort »Ende« und schickte den Stapel Papier einem Jugendbuchverlag. Eine Frau schrieb zurück – der Brief endete mit: Schreib doch über dein eigenes Leben. Doch da gab es nichts zu erzählen. Ich erlebte nichts, saß nur in meinem Zimmer, und die Nadel des Plattenspielers kratzte stumpf über die immer gleiche Platte von Nena. Die Abenteuer meines fiktiven Ichs, des Jungen, der, von mir als Autor geschützt, ein gefährliches und wildes Leben führte, waren dem Verlag offenbar nicht genug. Damit aber war mein Potenzial erschöpft. Das Hämmern von Fridolin verstummte, die Farben der Fantasie waren wieder verblasst, und was blieb, war grau, beschissen grau. Die Blase, in der ich die letzten Monate geatmet hatte, in der ich die Macht hatte, alles zu brechen, selbst meine Gefängnismauern, sie hatte sich aufgelöst. Es blieb das mit schwarzen Buchstaben bedeckte weiße Papier. Ich legte es in meinen geheimen Raum hinter den Schreibtisch und gab mich damit zufrieden, dass ich nur Konsument sein konnte und mich damit abfinden musste, dass anscheinend nur andere schreiben konnten. Dann werde ich halt kein Schriftsteller, dachte ich. Denn wie sollte ich etwas erzählen, wenn es nichts zu erzählen gab? Das Einzige, was ich hätte beschreiben können, war, dass alles, was ich wollte, unerreichbar weit hinter einer Mauer lag.

Aber es gab noch eine letzte Möglichkeit, auszubrechen. Ich hatte neben dem Malen und Schreiben ein weiteres Schlupfloch entdeckt, durch das ich abhauen konnte. Es öffnete sich mir, wenn ich ins Badezimmer ging, neben der Toilette ja der einzige Raum, den ich abschließen konnte, und der deshalb schon lange mein heimlicher Zufluchtsort war.

Während ich Wasser in die Wanne laufen ließ, legte ich mich nackt mit einem Badetuch auf den kalten Boden und erforschte mit den Händen meinen Körper. Schnell gab es nur noch das Plätschern des Wassers und mich. Meine rechte Hand bewegte sich zwischen meinen Beinen auf und ab, und die ganze Anspannung der Unzufriedenheit wich von mir. Ich wachte aus der Ohnmacht auf, und es spritzte aus mir etwas heraus, was neu und großartig war, gewaltig und unbändig, wohltuend und gleichzeitig schmerzend. Es war wie ein Geschenk, das hier aus dem kargen Boden meiner selbst wuchs, es war nicht weniger als Lust, die aus der Tiefe meiner bisher als grenzenlos empfundenen Unlust entstand. Meine Fantasie blühte wieder auf und war noch mächtiger als je zuvor, es war Leidenschaft, die in mir brodelte und täglich wie ein Vulkan im Badezimmer ausbrach. Doch sie war nicht nur schön, sondern stürzte mich auch in eine tiefe Verwirrung, denn ich dachte an Jungs, wenn ich onanierte.

Homosexualität ist eine Sauerei, hatte mein Vater einmal beim Abendessen gesagt. Meine Mutter hatte ihm nicht widersprochen. Schwul war nichts, was man sein wollte. Schwule gab es wahrscheinlich gar nicht. Ich hatte jedenfalls nie von einem gehört. Schwul war ein Schimpfwort, mehr nicht. Und so zeichnete ich mir Schwule, weil es in meinem Umfeld keine gab. Ich kreierte Comics von Jungs, die sich nahe kamen. Sie waren nackt, und ihre Penisse waren steif. In meiner Vorstellung waren es nicht nur Comics, es war real, und es machte mich geil. Es ging um die ganz großen Sachen; Freundschaft, Sexualität, Nähe und Lust. Meine Gedanken, meine Comics, kamen auch hinter den Schreibtisch in mein Versteck, wo sie niemand entdecken konnte. Meine Leidenschaft und die daraus wachsenden, verwirrenden Wünsche waren mein großes Geheimnis. Der Zugang zu mir war verschlossen, und jeder, der mir näherkommen wollte, prallte ab.

Mein Vater wurde noch immer jeden Abend von meiner Mutter in mein Zimmer geschickt, um zu fragen, wie mein Tag gewesen war und wie es mir ging. Gut, sagte ich. Ich sah meinen Vater an und fragte mich, wer er eigentlich war. Ein verdammter Feigling, der nie seine Stimme erhob gegen die Tyrannei meiner Mutter. Ein Mensch, der entsetzt wäre, wenn er wüsste, dass ich masturbierte und – noch schlimmer – dabei an Jungs dachte, das wohl schlimmste Verbrechen, das es in der katholischen Kirche gab. Doch er und meine Mutter hatten keine Ahnung. Ich wusste jetzt, dass die Gedanken frei waren. Nur ich hatte Kontrolle über sie. Sie waren unsichtbar und geschützt in meinem Kopf, und nicht einmal meine Mutter fand Zugang zu ihnen.

Doch wider meine Erwartung kam auch bald Scham dazu. Wollen wir Schwänze vergleichen? Am Pissoir neben mir stand Michael, der in meine Klasse ging. Er war klein, unauffällig und

Sohn eines Arztes. Ich schüttelte den Kopf. Nein, dazu war ich noch nicht bereit. Ich glaubte nicht daran, dass umsetzbar sein könnte, wovon ich träumte. Schon nur das Anschauen eines anderen Penis wäre zu viel für mich gewesen. Michael suchte weiter die Nähe zu mir, und ich ließ es zu. Er nannte mich einen Freund und offenbarte mir, dass ich ihm viel bedeutete. Er kam mit in mein Gefängnis, zu mir nach Hause, und weil meine Mutter Gefallen an seiner scheinbaren Harmlosigkeit und dem Fakt fand, dass sein Vater Arzt war, durfte ich einmal bei ihm übernachten. Ich hoffte, dass er wieder fragen würde. Aber wie hätte er wissen können, dass ich nicht Nein gesagt hatte, weil ich nicht wollte, sondern weil ich nicht konnte? Ich war überfordert von dem Kampf in mir, und das starke Bedürfnis, Michael zu entdecken, war von noch stärkeren Hemmungen gefesselt. So wandte ich mich schließlich von ihm ab, anstatt seine Nähe zu suchen.

Es brauchte das Pfadfinderlager, um die Fesseln zu sprengen. Die Pfadfinder waren eine katholische Sache, und weniger Lust als vielmehr Zwang durch meine Mutter ließ mich jeden Samstag um vierzehn Uhr in Uniform zur Hofkirche hinunterlaufen, wo man sich traf. Wir hatten in Reihen anzutreten und wurden in Gruppen entlassen, um in meinen Augen sinnlose Aufgaben zu erfüllen, die mich vielleicht als Kind noch erfreut hätten. Beschäftigung hält Jugendliche von den Drogen fern, sagte meine Mutter, wenn ich mich beklagte. Ich akzeptierte die langweiligen Samstage, denn immerhin gab es zusätzlich die Lager als Möglichkeit, dem Elternhaus zu entkommen. Im Sommer sogar für ganze zwei Wochen, in denen ich die Gelegenheit hatte, ein normaler Jugendlicher zu sein.

Wenn es dunkel wurde, zogen wir uns aus und schlüpften in Unterwäsche in die Schlafsäcke, und es gab nichts mehr als Atemgeräusche und unsere Stimmen. Schon in einer der ersten Nächte passierte es: Rechts von mir lag Matthias, der Klassenclown, der mit Stefan und mir die Molche gefangen hatte. Auch hier im Zelt alberte er herum. Ich lag eingehüllt in leichte Müdigkeit, bis ich den Jungen neben ihm sagen hörte: Wir fassen uns die Schwänze an. Ich war schockiert, denn war es wahr, so taten sie, wovon ich träumte, und verheimlichten es nicht einmal. Willst du auch? Schon nahm Matthias meine Hand und führte sie in seinen Schlafsack. Ich hatte keine Zeit mehr, zu atmen, denn ich fasste das erste Mal einen fremden Penis an. Die Hand von Matthias fand den Weg zwischen meine Beine, und er sagte: Ich hätte nicht gedacht, dass du auch schon Schamhaare hast. Als wäre allein das nicht schon zu viel für mich, suchte auch der Junge, der links neben mir lag, meine Hand und führte sie zu seinem Schwanz, der auch schon hart war. Das brach meine Vorstellung von der Weltordnung vollends, denn er war doch jünger als ich und fast noch ein Kind.

Eine Stimme schrie von irgendwo laut und grell, der Lichtstrahl einer Taschenlampe erfasste von außen das Zelt, und wir retteten unsere Hände aus den Schlafsäcken. Nachtübung, hieß es, gerade jetzt, an diesem Abend und um diese Zeit. Wir kletterten aus unseren Schlafsäcken und in unsere Uniformen, unsere Penisse erschlafften, und bis zum nächsten Nachmittag taten wir, als wäre nichts passiert. Da saßen ich und ein paar Jungs in unserem Zelt herum. Matthias wollte, dass ich wieder seinen Schwanz anfasse, denn, so sagte er laut: Du machst das echt gut. Ich hatte die Hand in seiner Hose, und die anderen redeten über die vergangene Nachtübung, als wäre nicht unglaublich, was gerade zwischen Matthias und mir abging. Ein mir kaum bekannter Junge bemerkte lediglich, dass ich das doch nachher auch bei ihm machen solle.

Das Pfadfinderlager war der Auslöser dafür, dass ich mir zu genießen erlaubte, etwas zu tun, was anscheinend nicht in Ordnung war. Denn es blieb nicht bei dem, was im Lager geschehen war. Matthias und ich fassten unsere Penisse auch ein paarmal nach der Schule an. Er fragte dann jeweils in der letzten Stunde, ob ich nach dem Unterricht noch kurz Zeit habe. Mehr wurde dazu nie gesagt. Und egal, wie intim wir wurden, wir waren nicht schwul. Keiner war schwul, so etwas gab es ja gar nicht, das war nur eine Geschichte wie die vom schwarzen Mann. Woher wir das hatten, wusste ich nicht, vielleicht stand etwas darüber in der Bibel geschrieben. Schwulitäten, hörte ich meinen Vater in meinem Kopf sagen. Sowieso, hätte es Schwule gegeben, Gottes Hand hätte sich aus der Wolkendecke erhoben und sie mit Blitzen erschlagen.

Ein Blitz traf mich trotzdem; ich war verliebt. In Martin, einen Jungen aus meiner Schule. Er wohnte in der Nähe von mir, und wir fuhren nach dem Unterricht jeweils zusammen bis zum Kiosk, wo wir uns Süßigkeiten in einer Tüte kauften und noch ein wenig redeten, bis wir getrennte Wege gingen. Ich dachte sehr oft an ihn und freute mich den ganzen Tag darauf, ihn nach der Schule zu sehen. Mit Martin zusammen zu sein und ihn anzuschauen, war einfach nur schön, und es war egal, dass wir nur vor dem Kiosk herumstanden. Bis er mich fragte, ob ich am nächsten Nachmittag mit ihm ins Kino gehen wolle. Mein mutiges Ja forderte eine Lügengeschichte, die ich meiner Mutter präsentieren konnte. Ich machte aus dem Kinobesuch einen Klassenausflug, und sie war einverstanden.

Ich war nervös, als ich mit Martin im Bus saß, unsere Beine berührten sich, ich konnte ihn riechen. Er roch speziell, ich inhalierte den Duft und hörte ihn sagen, dass er mir vielleicht im Kino zwischen die Beine fassen würde. Das ist eine Warnung, sagte er. Das Kino war fast leer, und im Schummerlicht fühlte ich mich ihm schon so nahe, dass ich überfordert war, als er seine Hand auf mein Bein legte und sie langsam Richtung meinen Schritt verschob. Es war zu viel, ich schob seine Hand weg. Ich zuerst, dachte ich und legte meine auf seinen Oberschenkel. Als ich sie bewegte, schob auch er sie weg. Es war gut für mich, denn die kurzen Berührungen waren schon überwältigend genug für mich. Die Erregung war nicht nur zwischen meinen Beinen, sie war auch in meinem Kopf. Da lief ein total anderer Film als auf der Leinwand. Es fühlte sich an, als würde ich fast explodieren. Es floss eine mir unbekannte Energie durch meinen Körper, als ich wunderbar lange Bein an Bein neben Martin im dunklen Kinosaal saß. Bis das Licht wieder anging und wir benommen auf die Straße traten.

Meine Empfindungen für Martin gaben mir Kraft, und ich war bereit für einen Kampf mit meiner Mutter. Ich wollte wenigstens einmal nach der Schule mit Martin nach Hause gehen. Nein, sagte meine Mutter. Doch, warf ich ihr entgegen. Nur eine Stunde, beschwichtigte ich. So trennten Martin und ich uns eines Nachmittags nicht vor dem Kiosk, sondern fuhren zusammen zu ihm. Sein Zimmer roch so sehr nach ihm, dass es mich fast erschlug. Er wollte, dass ich ihm meinen Penis beschrieb. Ich wusste nicht, was ich anderes hätte sagen können als: Er ist ganz normal. Vielleicht noch: Willst du ihn sehen? Aber ich war zu gehemmt, und weil es um mehr ging als um Schwänze, war es in Ordnung, dass wir so langsam waren. Sein generelles Interesse an mir beglückte mich mehr als genug. Nach einer Stunde zwang ich mich, zu gehen, denn ich wollte zu Hause nicht wieder vor verschlossenen Türen stehen.

Als Martin am nächsten Tag nicht zur Schule kam, brach meine Welt zusammen. Was war geschehen? Ich erfuhr von einem seiner Klassenkameraden, dass er krank war. Ich hätte für die

Französischprüfung am nächsten Morgen lernen müssen, doch ich lag nur auf dem Bett und wollte nichts sehnlicher, als Martin zu sehen. Am nächsten Morgen spülte ich das Müesli die Toilette hinunter, schaute meiner Mutter in die Augen, als sich die Lifttür schloss, eilte im Untergeschoss durch den Gang und mit dem Fahrrad die Rampe hinauf. Doch ich fuhr nicht wie gewöhnlich zur Schule – ich ging zu Martin. Seine Mutter war arbeiten, er öffnete mir im Pyjama die Tür und fragte, wieso ich nicht in der Schule sei. Ich sagte nicht, dass ich ihn einfach sehen musste, ich sagte nur, dass ich die Prüfung in Französisch schwänzen wollte, weil ich nicht gelernt hatte. Er legte sich wieder ins Bett, und ich setzte mich dazu.

Ich hatte die Regeln gebrochen, und das schlechte Gewissen wühlte in mir. Doch die Augen von Martin schauten mich an, und das war so wertvoll, dass es sich lohnte, ein böser Sohn und Schüler zu sein. Er fragte, ob ich schon Schamhaare hätte. Ich solle ihm welche abschneiden. Ich nahm die Schere von seinem Schreibtisch, öffnete meine Hose, schob die Unterhose ein bisschen nach unten und schnitt ein paar ab. Er machte dasselbe unter der Decke, und so schenkten wir einander Schamhaare. Ich legte seine in einen Briefumschlag und nahm sie mit, als seine Mutter am Mittag kam und es auch Zeit für mich war, nach Hause zu gehen.

Meine Mutter stand mit so wütendem Blick im Gang, dass ich sofort wusste, dass ich überführt war. Der Französischlehrer hatte sie angerufen. Es war Schulz, der mit dem roten Kopf. Er hatte nachgefragt, ob ich krank war, als ich nicht in der Schule erschienen war. Krank war ich wirklich, ich stand auf Jungs und war verliebt. Aber das ging niemanden etwas an. Es hätte sowieso keiner verstanden, und seit dem Pfadfinderlager war mir das auch irgendwie egal. Meine Mutter schrie mich an. Sie wollte wissen, wo ich gewesen war. Bei Martin, sagte ich und wollte in mein Zimmer gehen. Den siehst du nicht mehr, tobte sie, der ist gestorben für dich. Ich knallte ihr die Zimmertür vor der Nase zu. Hast du mich verstanden?, rief sie hinter der Tür. Aber Martin würde ich in der Schule sehen, das konnte sie nicht unterbinden. Ich spürte, dass es sie verrückt machte, dass sie nicht die totale Kontrolle über mich hatte.

Am nächsten Morgen in der Schule sagte Schulz: Am besten kommst du nach vorn und erklärst uns allen, wieso du gestern nicht hier warst. Ich stand auf, stellte mich vor die Klasse und sagte, dass ich geschwänzt hätte, weil ich nicht für die Prüfung gelernt hatte. Ich schaute die Klasse an, und die Klasse starrte zurück. Schulz kommentierte mein Geständnis, indem er mit lauter Stimme und stark durchblutetem Kopf sagte, dass das verdammt erbärmlich von mir gewesen sei. Schulz fand mich das Letzte, ich musste die Prüfung nachschreiben, und meine Mutter war noch misstrauischer geworden. Sie schnüffelte nun wie ein Trüffelschwein hinter mir her – Hast du geraucht?, fragte sie –, aber trotzdem: Es hatte sich gelohnt. Ich hatte Schamhaare von Martin, und der Morgen war verdammt schön gewesen, er, krank und zerbrechlich wirkend, im Bett liegend, und meine Lunge voll mit dem intensiven Geruch, den nur er verströmte und der meine Welt so sehr bereicherte.

Weniger gefährlich war die Brieffreundschaft mit Robert. Meine Mutter hatte mir eine Zeitschrift abonniert, die »Schweizer Jugend« hieß und braver nicht hätte sein können. Auf einer Seite gab es Inserate für Leute, die Brieffreunde suchten. Ich hatte eine Anzeige aufgegeben, in der ich ausdrücklich nach männlichen Brieffreunden suchte. Geschrieben hatten mir aber nur Mädchen, bis der Brief von Robert kam. Schnell war klar, dass er Jungs auch attraktiv fand. Geschützt durch die Distanz und das Papier, schrieben wir einander ehrlich unsere Wünsche und Vorstellungen, ohne je das Wort schwul zu erwähnen. Ich nahm die Polaroidkamera meiner Eltern und fotografierte meinen Schwanz für ihn, Robert hatte dasselbe für mich getan. Robert war wichtig für mich, denn er war der Beweis, dass es andere gab, die so waren wie ich.

Meine Mutter kam in mein Zimmer und sagte, dass sie schnell zur Post gehe. Ich klebte gerade einen Brief für Robert zu und fragte sie, ob sie ihn für mich einwerfen könne. Es war nicht mein Fehler, denn wer kann es einem Menschen vorwerfen, wenn er Vertrauen zu seiner Mutter hat? Damals sah ich den Fehler aber bei mir, denn wie hätte ich wissen können, dass das Verhalten meiner Mutter nicht normal war? Sie öffnete meinen Brief auf dem Weg zur Post und las ihn. Sie steckte ihn nicht in den Briefkasten, sondern warf ihn weg. Sie sagte es mir, als sie wieder nach Hause kam, und anstatt auf den Inhalt des Briefes einzugehen, informierte sie mich, dass sie ab jetzt alle meine Briefe kontrolliere. Ich hasste sie von ganzem Herzen. Und nach einer Stunde begann ich mir ernsthaft zu wünschen, dass sie jemand für mich umbringen würde. Ich weiß nicht, woher sie die Nummer hatte, auf jeden Fall rief sie Martins Mutter an und informierte sie, dass ich vielleicht schwul sei und sie im Interesse ihres Sohnes schauen solle, dass wir keinen Kontakt mehr hätten.

Sie wollte nichts mehr auf dieser Welt, als mir Martin zu nehmen. Warum nur? Es gab für mich nur eine Erklärung: Sie hasste mich. Erst jetzt reagierte ich. Ich warf die Tonstatuen aus Sizilien an die Wand, eine nach der anderen. Sie zersplitterten mit einem lauten Knall, und die Scherben flogen durch den Raum. Zurück blieben Dellen an den Wänden, über die meine Mutter Bilder hängte. Als wäre nichts geschehen. Über meine Wunden konnte man keine Bilder hängen. Ab jetzt war Krieg. Ich brachte Martin zu mir nach Hause, und meine Mutter hatte genug schauspielerisches Talent, um vor Fremden nett und freundlich zu sein. Doch ich wusste, dass sie innerlich zu explodieren drohte, als ich mit Martin in mein Zimmer ging und die Tür hinter uns schloss. Meine Mutter hat gefragt, ob sie verrückt sei, sagte Martin und nickte mit dem Kopf Richtung Zimmertür. Das tat mir gut, doch die nächste Frage war ein Schock: Bist du wirklich schwul? Nein, sagte ich. Niemand war schwul. Schwule gab es gar nicht. Als ich Martin vor das Haus begleitete, griff er mir blitzschnell zwischen die Beine, lachte und fuhr weg.

Meine Mutter hatte gewonnen, denn es war vorbei, was auch immer zwischen mir und Martin gewesen war. Ich hätte ihn mit der Wahrheit konfrontieren müssen, doch dafür war ich zu schwach. Es war unmöglich, die dicken und hohen Mauern zu überwinden, die ich zu meinem Schutz gebaut hatte und die mich nicht nur vor der eigenen Familie, sondern auch von der Außenwelt isolierten.

Ich nahm mir eine Freundin, denn bestimmt war das Leben einfacher so. Sie hieß Claudia und besuchte mit mir das Gitarrenensemble. Ich führte sie zu Hause vor, und wie erwartet, entspannte sich meine Mutter und ermutigte mich sogar, Claudia auch außerhalb des Gitarrenunterrichts zu treffen. Ich besuchte sie, und nachdem wir durch das Waldstück nahe dem Haus gelaufen waren, wo sie wohnte, setzten wir uns auf ihr Bett. Sie wollte, dass wir Petting machten. Sie nahm meine Hand und legte sie auf ihre Brust. Sie fasste mir an den Schwanz, und ich ging mit meiner Hand in ihre Hose. Als ich draußen in den Bus stieg und Claudia mir nachwinkte, wusste ich, dass es nicht das war, was ich wollte. Ich konnte nicht mit ihr zusammen sein, denn sie war kein Junge. In einem Brief machte ich Schluss mit ihr. Sie kam nicht mehr ins Gitarrenensemble, und als ich ihr einmal in der Stadt begegnete, rannte sie weg.

Ich war unglücklich und gab die Schuld daran meiner Mutter. Dass ich mit Claudia so schnell Schluss gemacht hatte, nahm sie mir übel, und alles, was uns in den nächsten Monaten verband, war eisernes Schweigen. Selbst in meinem Zimmer herrschte lähmende Stille, denn ich hatte die Platte von Nena längst satt. Das kleine Radio hinter meinem Schreibtisch empfing nur einen Sender für klassische Musik, und der winzige TV zeigte nur flackernde Bilder in Schwarz-Weiß. Mein Vater kam weiterhin jeden Abend in mein Zimmer, um zu fragen, wie es mir ging. Entweder war er taub und blind, oder er dachte sich nichts weiter dabei, dass meine Mutter und ich seit einer gefühlten Ewigkeit nicht mehr miteinander redeten.

Immerhin war mein Vater auch manchmal nützlich, denn er hatte mir für die Sommerferien einen Job gefunden. Ich musste jeden Tag um drei Uhr morgens aufstehen und wurde um halb vier von einem Bekannten meines Vaters abgeholt, der in der Fabrik arbeitete, in der ich die nächsten Wochen an einem Fließband stand, bis meine Hände bluteten. Wer Geld ausgeben will, muss arbeiten, sagte mein Vater. Dank dieser Arbeit fuhr ich am ersten Tag nach den Ferien mit einem eigenen Mountainbike vor der Schule vor. Es hatte einundzwanzig Gänge und war ein Prachtstück. Nur war ich etwas spät, denn die anderen Jungs hatten längst Mofas. Ein Mofa durfte ich nicht haben. Das sei viel zu gefährlich.

Ich fragte meine Mutter, ob ich adoptiert sei. Natürlich nicht, sagte sie. Aber ihr könnt nicht meine echten Eltern sein! Ich überlegte mir, wie ich sie umbringen könnte, ohne dass der Verdacht auf mich fiele. Aber ich fand keine Lösung. Ich war gefangen, und es gab offenbar keinen Ausweg. Kein Happy End für mich, keine Mittel und Wege, in eine andere Familie zu kommen. Die einzige Hoffnung war, dass sie tödlich mit dem Auto verunfallten, wenn sie abends zur Oper oder zum Theater fuhren. Aber das passierte nicht, immer kehrten sie wohlauf zurück. Ich erinnerte mich an Südfrankreich, an die Sonnenblumenfelder und das Wissen vom Meer. Die Erinnerung daran erfüllte mich mit Frieden, und ich dachte daran, einfach dahin zu gehen. Ich haue ab, ich gehe nach Südfrankreich, sagte ich zu meiner Mutter. Sehr gut, sagte sie, ich zahle dir das Zugticket. Aber komm nicht zurück.

mein leben als hund

Meine Mutter fand, dass es an der Zeit war, mir den kulturellen Rahmen eines anständigen Menschen zu zeigen. Sie kaufte mir einen neuen Anzug und eine Jahreskarte für das Theater und die Oper. Wir saßen dort in der ersten Reihe und mischten uns in der Pause unter die Leute im Saal, um einen Orangensaft zu trinken, während die anderen an einem Sektglas nippten. So erlebte ich nicht nur zu Hause ein Drama, sondern es wurden mir noch zusätzliche auf der Bühne gezeigt. Dicke Frauen krähten in hohen Tönen, und Balletttänzer rannten wirr umher, während ich, gegen die Langeweile ankämpfend, auf dem unbequemen Sitz zwischen meinen Eltern eingeklemmt, festsaß.

Theater wurde mir nicht nur da präsentiert. Jeden Sonntag pilgerten wir weiterhin die große Treppe hinunter zur Hofkirche, wo ich – ebenfalls in der ersten Reihe –, in Weihrauch eingehüllt, gegen Übelkeit kämpfte und mich Panik überkam, weil ich im falschen Film gefangen und dabei die Zeit stehen geblieben war. Nach der Messe hieß es draußen warten, weil meine Mutter den Pfarrer informieren wollte, ob sie mit seiner Predigt zufrieden war oder an ihr etwas auszusetzen hatte. Danach ging es über die Straße an den See ins alte Hotel National, wo es im großen Saal ein Frühstücksbuffet gab. Ich legte mir ein Croissant auf den Teller und häufte Konfitüre dazu, während ein Mann Piano spielte. Ich saß mit meinen Eltern in dem prächtigen Raum, und es war, als befinde ich mich in einer Zeit, die es schon lange nicht mehr gab. Ich fühlte mich wie ein Enkel, der gezwungen war, brav mit seinen Großeltern für eine lange Stunde an einem Tisch zu sitzen. Nur war es keine Stunde für mich, es war mein Leben. War meine Mutter noch nicht müde, ging es aufs Dampfschiff, das uns in einer unerträglichen Langsamkeit über den See führte. Man konnte in den Maschinenraum hinuntersehen, wo sich riesige Teile bewegten, die das Gefährt angestrengt vorwärtsbrachten. Wir saßen draußen, und meine Mutter erzählte mir von irgendeinem Heiligen, der sein Leben Gott geopfert hatte, während ich ausharrte, bis vorbei war, was ich unerträglich fand, und ich in meinem Zimmer verschwinden und kurz die Tür zwischen mir und diesem Albtraum schließen konnte. Ohne die Möglichkeit, einen Schlüssel zu drehen, und mit dem Wissen, dass die Monster nicht unter dem Bett waren, sondern regelmäßig durch die Tür eindrangen, um zu kontrollieren, was ich gerade machte.

Weil meine Mutter keine Freunde hatte und auch kaum jemanden kannte außer den paar Spinnern aus dem Anti-Drogen-Verein, den sie anführte, musste ich sie jeweils nach der Schule ins Café begleiten. Eigentlich wollte sie mich nur nicht allein zu Hause lassen, denn auch die letzte, winzige Freiheit in der Wohnung hätte mich auf falsche Gedanken bringen können. So dachte sie. Meine Mutter war nicht nur alt, für mich war sie uralt. Ihre Schritte waren langsam und ihr Gesicht verhärtet. Im Café verlangte sie, dass man die Musik ausmachte, und wir setzten uns zweimal um, bis sie mit dem Platz zufrieden war. Woher kommen Sie?, fragte sie die Kellnerin. – Jugoslawien. – Ah ja, wusste meine Mutter, die können arbeiten. Sie blätterte alle Zeitungen durch, suchte nach Artikeln über Drogen, während ich in einer Zeitschrift für alte Leute blätterte.

Man musste tun, was meine Mutter sagte, sie duldete keinen Widerspruch und keine Kritik. In ihrer Gegenwart galt es, sich unsichtbar zu machen. Das Ziel war, ihre Stimmung hoch zu halten und sie nicht zu erschöpfen. Denn sonst kippte es, und aus dem kalten Wind wurde ein gewaltiger Sturm, der ausbrach, als wäre es Gottes Zorn, mit einer einzigen Absicht: zu vernichten.

In der Familie hatte meine Mutter die Aufgabe, herauszufinden, was meinem Vater und mir Freude bereitete, damit sie es uns verbieten konnte. Denn nicht nur ich durfte keine Musik hören, auch mein Vater durfte es nicht. Freude war für meine Mutter etwas, das es zu unterbinden galt. Wenn sie – wie sie dachte – zu leiden hatte, sollten es alle tun. Es blieb meinem Vater und mir nur ein kleiner Raum vergönnt, der sich uns durch die Aufgabe meines Vaters bot, mich zu beschäftigen. Dann konnte meine Mutter sich aufs Sofa legen, hatte ihre Ruhe und wusste mich unter Kontrolle. So war ich für meinen Vater die einzige Möglichkeit, ein bisschen Freiheit zu haben.

Es war, als wären wir beide Menschen, die sich nur entfalten durften, wenn sie wie Kinder waren. Vor dem Haus spielten wir stundenlang Pingpong, mein Vater nahm mich zum Eiskunstlaufen mit, und in den Urlaub fuhren wir zum Windsurfen nach Italien. Wir ließen die Mutter in der Wohnung zurück, zogen uns die Sonnenbrillen an und verließen die saugende Leere der Gegenwart, um für eine Woche selbst entscheiden zu dürfen, welches Getränk wir bestellen wollten. Mein Vater schob eine Kassette in das Autoradio – er war jetzt der Chef –, und großväterlicher Jazz erfüllte den Wagen. Er entspannte sich, ohne daran zu denken, dass auch ich Raum brauchte und nicht immer meine Bedürfnisse jenen von anderen unterordnen wollte.

Die Autobahn führte uns am Ort meiner Kindheit vorbei, ich sah auf der anderen Seite der Bucht die Terrassenhäuser in der

Sonne glänzen. Ich betrachtete meinen Vater, der freudig der kurzen Freiheit entgegenfuhr, und wagte die Frage zu stellen, die seit vielen Jahren in meinem Kopf herumschwirrte und nie ausgesprochen wurde: Wie war das damals? Damit meinte ich den Tag, an dem mein Bruder gestorben war. Mein Vater machte die Musik aus, es war ruhig, dann erzählte er, während er weiter geradeaus schaute, Spuren wechselte und Lastwagen überholte.

Wir hatten einen Citroën DS 21, sagte mein Vater, ein wirklich schönes Auto; in Frankreich nannte man es »die Göttin«. Die Familie war auf dem Weg nach Engelberg, um dort Ski zu laufen. Mein Vater hatte wie immer am Steuer gesessen, die Mutter auf dem Beifahrersitz. Hinten die beiden Jungs; Rafael – mein älterer Bruder – und Tobias, an dessen Grab mich in der Kindheit der Schulweg vorbeigeführt hatte. Vor uns fuhr eine langsame Ente, erzählte mein Vater, ich musste dauernd zwischen zwei Gängen schalten; der eine war zu groß, der andere zu klein. Dann hatte sich vor ihnen eine gerade Strecke aufgetan, mein Vater hatte nicht lange überlegt und das Überholmanöver eingeleitet.

Wir überholten einen Reisebus voller Kinder, als mein Vater sagte: Plötzlich war da Schnee auf der Straße. Ich schaute zu den Kindern hoch, und die Kinder schauten auf mich hinunter. Mein Vater wechselte nach dem Bus wieder auf die rechte Spur und überlegte laut: Was hätte schon passieren können, da war eine Leitplanke. Ein bisschen Blechschaden vielleicht. Das Auto war gerutscht, es hatte einen lauten Knall gegeben, und das Fahrzeug war zum Stehen gekommen. Mein Vater hatte sich umgeschaut und meine Mutter neben sich sitzen sehen, als wäre nichts passiert.

Ich wusste nicht, ob ich wollte, dass mein Vater weitererzählte. Aber es war zu spät. Das gesamte Hinterteil des Autos war weg, sagte er. Mein Vater war ausgestiegen und sah meinen älteren Bruder dastehen. Tobias hingegen hatte auf der Straße gelegen, und mein Vater war zu ihm gerannt. Tobias hatte ein Loch im Kopf. Ich wollte, dass mein Vater anhielt, aber ich sagte nichts. Rasant fuhren wir weiter auf der Autobahn. Mein Vater schaute zu mir und sagte: Was war passiert? Am Unfallort war die Leitplanke unterbrochen, weil dort ein Weg von der Straße abging. Die Enden der Leitplanken waren einfach abgeschnitten, der Wagen hatte sich eingehängt und war auseinandergerissen worden.

Mein Vater hatte Tobias zum nächsten Bauernhof getragen, wo ihn Leute in die Stube geführt hatten. Tobias hatte normal geatmet, und mein Vater hatte zu ihm gesagt, dass alles gut würde. Ich glaubte daran, sagte er. Dann hatte Tobias mit einem Seufzer sein Leben ausgeatmet. Geboren, um zu sterben. Gestorben, um zu leben, stand auf seinem Grab geschrieben. Tobias lag unter der Erde, und ich wurde gezeugt. Wieso, sagte mir mein Vater zwei Tage später am Gardasee: Wir wollten wieder eine vierköpfige Familie sein.

Vielleicht hätte ich nicht fragen sollen, denn der Urlaub in Italien wurde nicht, was er hätte sein können; eine Pause von zu Hause. Die Sonne schien, es gab Palmen, und ich besuchte einen Windsurfkurs für Anfänger, während mein Vater gekonnt über den See kreuzte und das Tragflügelboot gefährlich nahe zwischen den Windsurfern und Booten hin und her raste. Ich hatte in meine Vergangenheit gesehen und nichts Schönes erblicken können, nur Verlust und Ohnmacht.

Als wäre das nicht schon genug an Hässlichkeit, begannen auf meinem Gesicht Pickel zu sprießen. Der Blick in den Spiegel wurde zu einem Augenblick des Horrors. Das Gesicht des schönen Kindes zerfiel vor meinen Augen, und es schälte sich etwas

Hässlich-Neues heraus. Mit dem Entdecken meiner Äußerlichkeit begann ein Leiden. Ich kaufte Gesichtspuder und Abdeckstifte. Jeden Morgen gab es einen neuen Knollen in meinem Gesicht, es juckte und brannte, und ich drückte so lange, bis Eiter, mit Blut vermischt, an den Spiegel spritzte. Meine Mutter erbarmte sich und nahm mich mit zu einem Arzt, der den Spuk mit einem Medikament beendete.

Es war still in meinem Zimmer. Ich saß am Boden vor dem Spiegelschrank und betrachtete stundenlang mein Gesicht. Ich hätte mich wieder in die Fantasie flüchten können, aber das ging nicht mehr. Alles, was ich konnte, war wütend sein. Die einzigen Geräusche in der Wohnung kamen von meiner Mutter. Sie telefonierte mit jemandem vom Drogenverein, betätigte die Spülung im Klo oder knallte in ihrem Zimmer die Schranktür zu. Ich nahm die Gitarre und spielte gegen die laute Stille an. Ich machte selbst Musik, wenn ich schon keine hören durfte. Meine Finger spielten, bis sie wehtaten, und meine Stimme getraute sich und sang immer lauter zu den frei erfundenen Melodien. Und weil es meiner Mutter nicht reichte, was war, und sie auch diese meine neue Tätigkeit an sich reißen wollte, schickte sie mich in den Gesangsunterricht zu einem Opernsänger. So kreierte ich keine eigenen Songs mehr, sondern übte Opernfragmente. Als Jugendlicher, der innerlich zu zerbersten drohte, sang ich »In diesen heiligen Hallen« aus Mozarts »Zauberflöte«.

Opern, Theater und Kirche dominierten bereits mein Leben, was meiner Mutter noch fehlte, war Sport. Wer Sport treibt, hat keine Zeit für Drogen, sagte sie. Wir hatten es bereits mit Tennis und Judo versucht, aber mit letzter Kraft hatte ich mich durchgesetzt und mich geweigert, mehr als dreimal hinzugehen. Doch aufgeben wollte meine Mutter nicht. Dieses Mal kam sie mit dem Sport, den sie selbst am besten fand, sie sah ihn als männlich und kraftvoll: Rudern. Mit anderen Jungs schleppte ich Ruderboote zum See und ruderte an den Villen am Ufer entlang bis zu der Stelle, wo die Landschaft einen starken Bogen schlug und wir in die Bucht meiner Kindheit gekommen wären, hätten wir die Boote nicht gewendet.

Aber auch Rudern war für mich wenig interessant, und ich hörte auf, hinzugehen. Ich sagte meiner Mutter nichts, denn ich hatte aufgegeben, gegen das anzukämpfen, was für mich vorgesehen war. Stattdessen tauchte ich in eine Heimlichkeit, stahl ihr mehr Geld – es war nicht schwer, es lag überall herum – und ging jeden Mittwoch statt zum Rudern an einen Ort, an dem ich endlich wirklich ausbrechen und mehr von der Welt sehen konnte; ich ging ins Kino.

Ich sah den Film »Auf Wiedersehen, Kinder« über einen Jungen in einem katholischen Internat während des Zweiten Weltkriegs, der weit entfernt zu sein scheint, bis er plötzlich vor der Tür steht und die vermeintlich sichere Welt auseinanderbricht. Ich spürte, dass auch der Schutz in meiner Familie nur ein Versteck war und meine Eltern die Kraft nicht mehr hatten, sich in der Welt da draußen behaupten zu können.

An einem anderen Mittwoch sah ich den Film »Mein Leben als Hund«, in dem es um einen Jungen mit einer kranken Mutter geht, die ihn zu Verwandten schickt, wo er aus der Verzweiflung des ungesunden und unberechenbaren Zuhauses in die Verwirrungen der Jugend tritt und sich verliebt. Meine Mutter war auch krank – das hatte ich inzwischen verstanden – und behandelte mich wie einen Hund, dem nicht mehr gegönnt sein sollte, als zu gehorchen. Als Kind und Jugendlicher war ich abhängig von meinen Eltern wie ein Hund von seinem Herrchen.

Ein anderer Film – »Pelle, der Eroberer« – erzählte von einem Jungen, der realisiert, was für ein Feigling der alte Vater ist, da er nicht gegen die Unterdrückung der beiden durch die Obrigkeit aufbegehrt. Der Junge lässt den Vater in seinem Elend zurück und bricht nach Amerika auf. Dass auch mir keine andere Wahl blieb, als aufzubrechen, ahnte ich. Nur wann und wohin, das wusste ich nicht.

Nach dem Kino ging ich zu »McDonald's«, der neu in der Stadt eröffnet hatte und für mich ein Stück großes Amerika in der eigenen winzigen Welt bedeutete. Ich aß einen Big Mac und trank einen Milchshake dazu. Ich wartete, bis es Zeit war, nach Hause zu gehen. Auf der Toilette befeuchtete ich das Badetuch und stopfte es zurück in die Sporttasche, denn dieses Mal sollte meine kleine Freiheit nicht auffliegen.

Das Badetuch hing gewaschen an der Leine, und in meinem Zimmer kamen die Wände auf mich zu. Es war, als läge ich wie mein Bruder begraben – ohne Bewegungsraum und ohne Luft – in der Erde unter der metallenen Sonne im Familiengrab. Mit den Kinobesuchen drang ein bisschen Luft in den Sarg, aber es war nicht genug, ich wusste, dass ich zu ersticken drohte. Zwischen meiner Mutter und mir gab es kein Band mehr, nur noch Zwang und Angst. Sie beherrschte mich, schien nur böse und ließ mir keine andere Wahl: Es war an der Zeit, mich in meinem Grab bemerkbar zu machen. Ich wusste nicht wie, aber ich hatte keine Kraft mehr, die Widrigkeiten auszuhalten, war gezwungen, zu reagieren. Alles schien besser als der Zustand, in dem ich mich befand. Es war, als sei ich auf einem sinkenden Schiff und mache mich als letzte Hoffnung daran, Notsignale zu senden.

Die Hoffnung, die ich hatte, lag auf jemandem, der uns vor Jahren verlassen hatte: meinem Bruder. Er hatte inzwischen eine eigene Wohnung in der Stadt, wie man mir erzählt hatte. Ich will zu Rafael ziehen, sagte ich zu meiner Mutter. Dann ruf ihn an, antwortete sie und bestrafte meine Forderung mit eiskalter

Gleichgültigkeit. Das Telefon stand im Wohnzimmer bereit, doch es fiel mir schwer, den Hörer abzunehmen und die Nummer meines Bruders zu wählen. Ich brauchte zwei Tage, bis ich den Mut fand und meinen Bruder um ein Treffen bat. Er lud mich in seine Wohnung ein.

Am Samstag stand ich vor dem Haus, in dem er wohnte, und klingelte. Es surrte, und ich drückte die Tür auf. Es war ein altes Haus, jeder meiner Schritte knarrte, und müde und erschöpft von meinem Dasein schleppte ich mich hoch bis in das Stockwerk, wo eine Tür offen stand. Komm herein, rief es aus der Wohnung. Ich sah meinen Bruder mit einem zurückhaltenden Lächeln im Gang stehen. Er zeigte mir sein Reich, und ich sah, dass es sogar ein Gästezimmer gab. Alles war aufgeräumt und sauber, ganz anders als damals, als mein Bruder noch bei uns gelebt hatte. Damals war man kaum in sein Zimmer gekommen, überall lagen Klamotten und irgendwelches Zeug herum, und sein jetzt fein säuberlich gemachtes Bett hatte ich immer nur zerwühlt gesehen.

Mein Bruder setzte Teewasser auf, und wir setzten uns an den Tisch, auf dem eine blühende Pflanze stand. Du kennst doch unsere Mutter, begann ich. Was ist mir ihr?, fragte er. Ich erzählte ihm, dass ich es mit ihr nicht mehr aushielt. Er betrachtete mich mit nüchternem Blick, ich sah keinen Funken Mitgefühl, und da wurde mir klar, dass er abgeschlossen hatte mit uns. Ich würgte es hinaus: Vielleicht könnte ich bei dir wohnen? Er antwortete erst nach einer Pause, in der ich kaum zu atmen gewagt hatte: Sie hat schon angerufen und mir gesagt, dass du das willst. Er sagte weder Ja noch Nein, schien gequält, und als er kurz darauf die Tür hinter mir schloss, stand ich noch verlorener da, als ich es vor einer Stunde gewesen war. Hätte ich betteln sollen? Weinen, schreien? Meine Hoffnung auf Hilfe war zerbrochen, und ich lief zurück in die Fänge meiner Mutter.

Tage später schloss sich die Lifttür zwischen ihr und mir, ich lief durch den Gang im Untergeschoss und ohne das Fahrrad mitzunehmen die Rampe von der Tiefgarage zur Straße hoch. Statt in die Schule zu gehen, spazierte ich durch das Quartier, stieg die Hexenstiege hinunter in die Stadt und setzte mich auf eine Bank. Hinter mir gurgelte ein Brunnen, und auf dem Boden vor mir liefen Tauben hin und her. Die Stadt erwachte, die Shops öffneten, die Gehwege füllten sich mit Menschen, und ich saß unbeweglich da, während das Leben um mich herum scheinbar unberührt weiterging. Ich zündete mir eine Zigarette an. Heute war der Anfang des Endes, ein wirklich gigantischer Tag: Ich haute ab. Es war endlich so weit, es ging weg von hier!

Geplant hatte ich bis zum nächsten Tag. Meine Mutter hatte mir an Freundschaften nur noch welche via Briefe erlaubt, natürlich ausschließlich mit Mädchen. Eines davon war Nicole, die ich heute besuchen würde, irgendwo an einem fernen Ort. Dort wollte ich übernachten, das hatten wir in den letzten Briefen ausgemacht. Was danach kommen sollte, wusste ich nicht. Vielleicht Südfrankreich. Das Abenteuer konnte beginnen; keines in einem Buch, sondern im echten Leben. Ich hatte zu Hause alles Geld genommen, das ich finden konnte. Wenn es aufgebraucht war, würde ich vielleicht auf der Straße singen. Irgendwie würde sich schon eine Möglichkeit finden, nicht zu verhungern. Ich lief zum Bahnhof, kaufte mir ein Ticket und fuhr an einen Ort, der noch nichts mehr war als ein Wort, das mir ein Mädchen in einem Brief geschrieben hatte.

Nicole erwartete mich wie abgemacht in einem roten Pullover, als ich aus dem Zug stieg. Wir gingen etwas trinken, und ich bestellte eine eisgekühlte Cola. Keinen temperierten Apfelsaft, wie ich ihn im Beisein meiner Mutter trinken musste. Ich konnte jetzt machen, was ich wollte, und erzählte Nicole stolz, dass ich abgehauen war. Ihr hübsches Gesicht zeigte Erstaunen, und sie fragte: Wohin willst du gehen? – Nach Südfrankreich, sagte ich. Da war es warm, und ich könnte draußen schlafen. Ja, vielleicht sogar am Meer. Ich dachte an den Gesang der Zikaden auf Sizilien, und das Bild in meinem Kopf war schön; ich sah mich am Strand liegen und den Wellen zuhören, die alles wegspülten, sogar meine Vergangenheit. Bis nichts mehr blieb als selbstbestimmte Gegenwart. Hm, sagte Nicole.

Gut gelaunt lief ich mit ihr zu ihrem Daheim, wo mir ihre Mutter einen warmen Händedruck gab und mir das Gästezimmer zeigte, das für diese Nacht mein Zuhause sein würde. Es war vollgestopft mit Büchern und Dingen, eine gemütliche Rumpelkammer mit wirr bunten, wahrscheinlich selbst gemalten Bildern an den Wänden. Ich stellte meine Tasche neben das Bett und setzte mich kurz hin, freute mich an der neuen Welt, die mich freundlich empfangen hatte, und ging dann in die kleine, warme Küche, wo Nicole mit ihrer Mutter das Abendessen vorbereitete. Als ihr Vater nach Hause kam, schien er sich zu freuen, mich zu sehen. Er war Sozialarbeiter, das hatte mir Nicole in einem Brief erzählt. Was das genau war, wusste ich nicht. Ich wusste nur, dass ihre Familie viel besser war als meine. Nach dem Essen fragte mich Nicoles Mutter, ob ich rauche. Ich zögerte, wusste nicht, sollte ich ehrlich sein. Sollte ich es wagen? Ja, sagte ich. Dann kannst du mit mir auf den Balkon kommen, ich rauche auch, sagte sie. Draußen reichte sie mir eine Zigarette, und wir schauten hinunter auf einen wilden Garten, wo frei wachsen durfte, was aus dem Boden spross.

Nachher fragte mich der Vater, ob ich kurz Zeit für ihn hätte. Wir gingen ins Gästezimmer und setzten uns aufs Bett. Nicole habe ihm erzählt, dass ich abgehauen sei, begann er. Ich habe es nicht mehr ausgehalten, sagte ich. Nicoles Vater legte den Arm um mich und gab mir in diesem Moment mehr Wärme, als ich es in meinem ganzen Leben erfahren hatte. Die innere Anspannung brach, und meine Augen füllten sich mit Tränen. Mit echter Aufmerksamkeit und einer Umarmung hatte dieser mir fremde Mann mehr für mich getan, als es meine Eltern und mein Bruder in all den Jahren zuvor vermochten. Er erzählte mir, dass meine Eltern mich bestimmt liebten, es mir aber einfach nicht zeigen könnten. Sie machen sich jetzt bestimmt große Sorgen, sagte er. Es helfe nicht, einfach wegzulaufen. Spätestens jetzt, wo ich weggelaufen sei, würden sich meine Eltern Gedanken machen, war er sich sicher. Meine Tränen trockneten, und ich weiß nicht, wie es möglich war, aber es keimte Hoffnung in mir auf. Vielleicht gab es doch ein Happy End für mich? Ich spürte seine Sorge um mich, und es fühlte sich an, als wäre er der Vater, den ich mir immer gewünscht hatte. Als er mich bat, meine Eltern anzurufen, war ich einverstanden.

Mein Vater meldete sich am anderen Ende. Ich bin es, sagte ich. Und erzählte, dass ich weggelaufen war und bei einer Brieffreundin übernachtete. Mein Vater schwieg, dann sagte er: Kommst du morgen wieder nach Hause? Ja, würgte ich hervor und hängte auf. Danke, freute sich Nicoles Vater, und jetzt schauen wir, was der TV zu bieten hat. Wir gingen ins Wohnzimmer und setzten uns zu den anderen aufs Sofa. Gleich läuft »Yentl«, kündigte Nicoles Mutter an. Es war ein Film über eine junge, jüdische Frau in Osteuropa, die sich als Mann verkleiden musste, um studieren zu können.

Später lag ich im Bett und dachte über den Film nach. Musste man sich verstellen, um erreichen zu können, was man wollte? Könnte ich meine Eltern auch erfolgreich täuschen, um unentdeckt durchziehen zu können, was ich wollte? Was wollte ich eigentlich? Einfach normal sein; ein normaler Jugendlicher in einer normalen Familie. Vielleicht sollte ich einfach nichts mehr sagen, das brave Kind spielen und ein Lügengebilde aufbauen, das mir heimlich die Freiheiten gab, die sonst scheinbar jeder hatte. So wie ich es mit den Kinobesuchen gemacht hatte. Doch vielleicht war das gar nicht nötig, weil ich ja abgehauen war, meine Eltern sich große Sorgen gemacht hatten, mich vermissten und jetzt bereit waren, auf meine Bedürfnisse einzugehen. Diese Vorstellung war schön, und mir ihr schlief ich ein.

Am nächsten Tag durfte ich Kaffee trinken, und am Nachmittag ging es auf ein kleines Fest in einem Schrebergarten, wo es für mich ein Getränk namens Radler gab, ein Gemisch aus Limonade und echtem Bier. Als mich Nicole zum Bahnhof brachte, sagte ich ihr offen, dass das die schönsten zwei Tage meines Lebens gewesen seien. Ich beneidete sie nicht um ihre Eltern, sondern ich freute mich für sie. Sie lächelte und winkte, als sich der Zug in Bewegung setzte und mich wider meine vorherigen Pläne wieder zurück in die dunkle Vergangenheit brachte. Ich wagte zu hoffen, dass mein Ausbruch in der Gegenwart die Umstände in der Zukunft verändern würde.

Die Tür war von innen verschlossen. Auf mein Klingeln wurde sie mir wortlos geöffnet, und alles, was das Weglaufen mir gebracht hatte, war wochenlanges Schweigen. Mein Vater hatte nichts zu sagen, und meine Mutter schwieg, um mich zu bestrafen. Es wurde mir klar, dass meine Situation ausweglos war, und ich begann, die Gefangenschaft zu akzeptieren. Meine Hilfeschreie waren ohne Echo verhallt, und ich hatte keine Kraft mehr, weiterzuschreien. Ich zerbrach die Platte von Nena, und meine Mutter brachte den Plattenspieler aus meinem Zimmer, denn jetzt gab es nichts mehr, was er hätte spielen können. Das Leben ging unverändert weiter, und das Einzige was ich hätte tun können, wäre Selbstmord begehen gewesen.

Der mittlere Schulabschluss stand bevor, und es war Zeit, mich für einen Beruf zu entscheiden. Für mich war klar, dass ich die Kunstgewerbeschule besuchen würde, wie mein Kunstlehrer es gesagt hatte. Ich schien Talent für Kunst zu haben, und die Vorstellung, zusammen mit anderen an der Schule für Gestaltung meiner Kreativität freien Lauf zu lassen, erfüllte mich mit Freude.

Meine Mutter nahm meinen Wunsch zur Kenntnis und machte beim Direktor der Kunstgewerbeschule einen Termin aus, denn dieser Schritt sollte, wie sie betonte, wohlüberlegt sein. Die Idee gefiel ihr nicht, das war mir schon klar gewesen, bevor wir vor dem Schreibtisch des freundlichen Mannes saßen. Im Gespräch nannte sie die Kunstgewerbeschule eine Kunstverderbeschule und behauptete, dass hier alle Studierenden drogensüchtig und homosexuell seien. Der Direktor lächelte nicht mehr, und ich schämte mich so sehr für meine Mutter, dass ich tot sein wollte.

Du wirst Lehrer, entschied meine Mutter. Das stehe schon in meinem Horoskop. Um sicherzugehen, dass sie die richtige Entscheidung für mich traf, fuhren wir mit meinem Vater quer durchs Land zu Christine, einer hellsichtigen Frau mit einem direkten Draht zum Himmel, wie meine Mutter sagte. Wir saßen zum Geplätscher eines winzigen Springbrunnens aus Plastik im Wartezimmer. Dazu gab es zuckersüße Klänge aus einem Lautsprecher. Christine empfing uns strahlend, und im Gegensatz zum nüchternen Büro des Direktors der Kunstgewerbeschule gab es hier Kitsch, und es roch nach Parfüm. Alles wirkte lächerlich. Christine hatte hellblonde, gelockte Haare und trug ein weißes, luftiges Kleid. Es sah aus, als würde sie leicht schweben. Sie ließ meine Mutter reden und bestätigte gegen Bezahlung, wie richtig ihre Entscheidung war, mich zu zwingen, Lehrer zu werden. Sie sah mich an und erwähnte noch, dass ich keine rote und schwarze Kleidung tragen solle, denn sonst finde der Teufel Zugang zu mir.

Rot und Schwarz sind seine Farben, erklärte sie mit einem grässlichen Lächeln und wischte sich eine Haarsträhne aus der Stirn. Natürlich warf meine Mutter sofort alle meine roten und schwarzen Klamotten weg, inklusive meines roten Lieblingspullovers und der tollen schwarzen Jeans aus Amerika. Sie dominierte mich so stark, dass ich ins geistige Koma fiel, denn einen anderen Schutz gab es nicht, um zu retten, was an Lebensfreude und -wille geblieben war. Jetzt trat meine Mutter endgültig nur noch auf, um mich zu informieren, was ich zu tun hatte. Und weil ich es hinnahm und zu allem schwieg, verließ sie wenigstens jeweils schnell wieder die Bühne. Bei einem ihrer nächsten Auftritte sagte sie, dass ich nicht das städtische Lehrerseminar besuchen würde, denn kürzlich sei in der Zeitung gestanden, dass die Schüler dort Drogen nähmen. Sie habe eine Schule gefunden, wo ich behüteter und kontrollierter erzogen würde. Eine private Schule in Zug, geleitet von katholischen Priestern. Gegen viel Geld wurde den Eltern dort die Möglichkeit geboten, ihre Kinder auch als Zöglinge unterzubringen.

Meine Mutter fuhr mit mir hin. Zug war eine kleine Stadt am Zugersee, im Rücken der Zugerberg, an dessen Fuß die Häuser wie runtergerutscht zu liegen schienen. Und wieder saßen wir vor dem Schreibtisch eines Schuldirektors. Der Mann war groß und breit und sah nicht wie ein Priester aus, mehr wie ein Bösewicht aus einem Film. Seine stahlblauen Augen fixierten mich, während meine Mutter von Strenge und Erziehung redete. Meine Noten reichten, obwohl ich nie fleißig gewesen und der Schule immer gleichgültig gegenübergestanden war. Ich hatte keine Möglichkeit, Nein zu sagen. Ich wurde nicht gefragt. Meine Aussicht: sechs Tage die Woche im Internat, fünf Jahre lang.

Meine Mutter war froh, mich an die religiöse Erziehungsanstalt abgeben zu können, damit sie ganz ins Sofa verschwinden konnte, als würde sie lebendig und verdientermaßen bereits in den Himmel fahren. Mein Vater sah mich absurderweise vorwurfsvoll an und rechnete mir vor, wie viel Geld er zu zahlen hatte. Ich nahm hin, was entschieden worden war, denn selbst dieser neue Kerker – und ich wusste, dass es einer war – schien mir weniger schlimm zu sein, als es mein Zuhause war.

Nach den Sommerferien, die ich weitgehend im Bett verbracht hatte, stumm an die Decke starrend, packte ich das Nötigste in einen Koffer und fuhr mit dem Bus zum Bahnhof. Dieses Mal haute ich nicht ab, ich wurde weggeschickt. Mit sechzehn verließ ich meine Eltern, um in eine Art Kloster einzutreten, das gleichzeitig ein Gefängnis war.

passion

im zuchtbecken

Die Stimme aus dem Lautsprecher kündigte die Abfahrt an. Der Zug setzte sich in Bewegung und verließ den Bahnhof. Die vollgepackte Tasche stand neben mir auf dem Sitz, und die Kulisse einer Stadt, die mir etwas hätte bedeuten können, zog an mir vorüber. Ich sah rechts den grünen, zweiten See der Stadt, den Rotsee. So lange und gerade er war, schien er wie geschaffen für die Rudermeisterschaften, die im Sommer auf ihm stattfanden. Darüber thronte das Hochhaus der städtischen Klinik und mischte sich in die Silhouette der urbanen Insel, die in schneller Fahrt aus meiner Sicht verschwand. Ich fuhr dem großen Unbekannten entgegen, ohne Nostalgie für das hinter mir Entschwindende. Der Zug kämpfte sich zwischen den Hügeln hindurch, tauchte in Tunnel ein, und das Fenster wurde im Dunkeln zu einem Spiegel. Die Bilder wechselten, kleine Ortschaften zogen vorüber, und ich wusste, dass sich Distanz aufbaute zu dem, was ich zurückließ. Es war nur eine geografische Distanz, denn in meinem Kopf saß meine Mutter neben mir und schaute mich prüfend an.

Der Zug erreichte den Zugersee und folgte dem Ufer; Anlagestellen für kleine Boote und Schrebergärten huschten vorbei, bis der Zug langsamer wurde und in einer Kurve zum Stehen kam. Ich griff nach meiner Tasche, stieg aus und lief an einer Bahnhofskneipe und einem kleinen Laden vorbei auf den Platz, auf dem schon ein oranger Bus mit der Nummer, die ich mir notiert hatte, wartete. Ich eilte, behindert durch die schwere Tasche, zum Billettautomaten und versuchte herauszufinden, welche Tasten ich zu bedienen hatte. Hinter mir spürte ich den Bus, ungeduldig und bereit, jederzeit abzufahren und mich zurückzulassen. Das Gerät vor mir spuckte eine meiner Münzen wieder aus, als der Bus mit einem dröhnenden Geräusch zum Leben erwachte und mich eine Wolke schwarzer Rauch erfasste. Der Automat druckte langsam mein Ticket, ich griff danach und kletterte in das Gefährt, das sich ruckartig in Bewegung setzte, bevor ich mich setzen konnte. Die Leute im Bus schauten mich an, musterten mich und blickten auch nicht weg, wenn sich unsere Blicke trafen.

Es war Sonntagabend, und die Leute spazierten auf der Promenade den See entlang. Der Bus dröhnte an ihnen vorbei bis zu einem Gebäude, auf dem groß »Casino« geschrieben stand. Hier bogen wir links ab und waren mit der Steigung des Berges konfrontiert, an dessen Fuß der See lag. Der Bus heulte auf, kämpfte sich die kurvige Straße hinauf und ließ die Kirche näher kommen, die oben am Hang klebte. Der Busfahrer brummte den Namen der Station ins Mikrofon, an der ich auszusteigen hatte. Wieder hüllte mich der Bus in stinkenden Rauch und ließ mich mit der schweren Tasche vor der Kirche zurück. Die zwei Türme waren von einem Baugerüst umkleidet. Hinter ihnen sah ich den Zugerberg mächtig in den Himmel wachsen, als würde er sich über mich beugen. Mein Ziel war, was hinter der Kirche als Letztes aus dem immer steiler werdenden Hang gewachsen war – ein hässlicher Betonbau, dessen Grau vom Regen dreckig bemalt war, das katholische Lehrerseminar.

Hinter seinen Mauern befand sich, was ich bei der Führung mit meiner Mutter gesehen hatte: als Erstes das Atrium, ein mit Platten ausgelegter Innenhof mit einem eckigen Teich ohne Leben. Anschließend die Aula und ein durch schmutziges Glas abgetrennter Gang, der zu den kargen Klassenzimmern führte. Im Untergeschoss – das zur Seeseite aus dem Berg tauchte – befanden sich der Esssaal und eine fensterlose Kapelle sowie kleine Kabinen, die man Musikkojen nannte und in denen ausschließlich musiziert werden durfte. Hinter diesen Kojen gab es eine Tür, auf der in geschwungener Schrift »Jazzkeller« geschrieben stand. Sie führte zu einem Raum mit einem Schlagzeug, die Wände mit Eierkartons ausgekleidet. Er roch nach abgestandenem Rauch, und ich hatte mich gefragt, wer in dieser klosterartigen Institution ihn wohl benutzte. Vielleicht war es der Raum der Versuchung, um herauszufinden, wer schwach war und sich hinreißen ließ? Weiter befanden sich im Untergeschoss das Studierzimmer für uns – die Neuen –, ein Werkraum und die Bibliothek. Alle Räume waren mit Linoleum ausgelegt und in schlechtem Zustand. Ich erinnerte mich an die Gestalt in Sandaletten, die meine Mutter und mich herumgeführt hatte. Der Mann hatte kühl gewirkt und sich nicht die Mühe gemacht, freundlich zu sein – vielleicht als Warnung. Doch ich hatte ja keine Wahl, ich hatte zu akzeptieren, dass dieses Gebäude für die letzten fünf Jahre meiner Jugend mein Zuhause sein würde.

Ich hatte den Eingang erreicht, ließ die große Tasche fallen und zündete mir eine Zigarette an. Mir blieben noch fünf Minuten, bis ich anzutreten hatte, wie uns das Schreiben der Schule, das gefaltet in meiner Tasche lag, mitgeteilt hatte. Ich schnappte nach Luft wie ein Fisch, der ahnte, dass er gleich in einen Köder beißen und aus dem Wasser gerissen würde. Ich zog ein letztes Mal an der Zigarette und trat in die Eingangshalle, wo ich den Hinweis las, dass sich die Neuen in der Aula einzufinden hatten. Dort gab es zwei Reihen mit Stühlen, auf denen schon zukünftige Kameraden saßen, vor sich die Sicht auf das karge

Atrium mit dem toten Teich. Die Jungs – Mädchen waren an dieser Schule nicht erlaubt – schauten sich um, musterten einander, und einige hatten ein Gespräch begonnen. Ein junger Erwachsener trat vor uns und stellte sich als unser Tutor vor. Er sei selbst Schüler, aber schon im Diplomjahrgang und jetzt für uns verantwortlich wie ein Vormund oder ein Lernbegleiter – man könne das sehen, wie man wolle. Er führte uns in das Wohngebäude, das hinter dem Schulgebäude stand und mit seiner im Verhältnis zu den fünf Stockwerken geringen Tiefe fast vornüberzukippen drohte. In ihm befanden sich die Schlaf- und Studierzimmer. Doch wir Neuen hatten einen gemeinsamen Studierraum, denn bevor wir selbst lernen dürften, müsse uns zuerst Disziplin beigebracht werden. Das sagte der Tutor und teilte uns in Dreiergruppen Zimmern zu, in denen schmale Betten standen, die wir mit der mitgebrachten Bettwäsche bezogen; den einzigen Farbtupfern in dieser Institution.

Wir Erstklässler wohnten im ersten Stock und würden jedes Jahr ein Stockwerk nach oben ziehen, symbolisch für unser Streben. Wer im fünften Stock schlief, durfte den Lift benutzen, die anderen mussten die Treppe nehmen. So stieg ich die Treppe hoch und erreichte das Flachdach – auf dem nichts stand, keine Pflanzen und keine Stühle. Doch das, was vor mir ausgebreitet lag, ließ mich den Atem anhalten: Es war die schönste Aussicht, die sich mir je geboten hatte. Der Himmel war in Orange und Rot getaucht, und es schien, als locke mich die Freiheit der fernen Zukunft absichtlich in den schönsten Farben, um sich über mich lustig zu machen.

Meine Mutter hatte meine Erziehung an Profis delegiert. Man investierte in eine Zukunft, wie sie sich meine Eltern wünschten, nicht ich. Was ich zu leben hatte, empfand ich weniger als Leben, sondern als Konsequenz dafür, das Kind meiner Eltern zu sein. Sie frohlockten wohl, denn selbst die geringste Privatsphäre war mir hier nicht vergönnt; wenn ich auf dem Klo saß, sah ich die Beine der anderen, geduscht wurde gemeinsam. Jeder Tag war durchgeplant, Freiraum gab es kaum. Wir standen früh auf und eilten in den Esssaal, wo es trockenes Brot gab. Danach standen alle in ihren Zimmern vor den Spiegeln, putzten sich die Zähne, zogen sich an und quetschten sich in die winzige Kapelle, wo es süßlich roch und meine Augen in der Dunkelheit der wenigen Kerzen nach Erkenntnis zu suchen hatten. Weiter ging es mit Unterricht, bis es um zwölf zum Essen klingelte, das mit ein paar Gott preisenden Worten des Schuldirektors begann und mit einer moralischen Rede des Tutors endete. Wieder Unterricht, und zwar so lange, dass meine Uhr stehen blieb und ich mich in tiefe Tagträume retten musste, um es bis fünf Uhr auszuhalten, wider meine Natur schwer auf hartem Holz sitzend, bis eine Art Lähmung eintrat. Das Abendessen war kein Genuss, und dass wir Neuen den ganzen Abend gemeinsam unter Aufsicht lernen mussten, gefiel mir auch nicht. Mein Hintern schmerzte vom vielen Sitzen, als der Tutor die Runde machte, um – Punkt zehn Uhr – die Lichter in unseren Zimmern zu löschen.

In diesem Betonkasten herrschte ein eiserner Rahmen, wir standen im heißen Scheinwerferlicht von Religion und Kontrolle. Wir waren wie Fische in einem Zuchtbecken, hatten zu fressen, was man dort hineinwarf, und stießen sofort auf Widerstand, wenn wir uns zu bewegen wagten. Ich wusste nicht, wie ich es nennen sollte; Erziehungsanstalt oder -lager, Kloster oder Gefängnis, irgendwie schien hier alles zusammenzukommen, was ich nicht wollte. Ich war von der Hölle meines Zuhauses in die Hölle der Gesellschaft geraten; denn wenn es eine Hölle gab, dann war sie wohl kaum schlimmer als die Welt, die ich jeden

Tag zu ertragen hatte. Die Disziplin war so allumfassend, dass es keine Strafen brauchte. Überall folgten uns Augen, und wir lernten, kein anderes Ziel zu kennen, als nicht von der Schule zu fliegen.

Du musst es aushalten, sagte ich mir. Hier war ich weg von zu Hause und in Gesellschaft. Bei den Eltern war ich allein, hier hatte ich Leidensgenossen. Ich war in Sicherheit, nicht mehr beherrscht von Willkür, nicht mehr im Krieg. Hier galten die Regeln für alle, und ich war nicht mehr der Einzige, der sich nicht bewegen durfte. Das Maß an Psychoterror und psychischer Vergewaltigung war erträglicher, und in kurzen Augenblicken entdeckte ich gar den Humor, der in allem steckte. Ich sah die Schüler in Sandaletten durch die Gänge eilen, als würde ihnen wie im alten Rom jemand mit einer Peitsche folgen. In der Unterrichtspause griffen sie dankbar nach den mehligen Äpfeln, die ihnen geboten wurden. Verglichen mit ihnen, waren die Streber am Luzerner Gymnasium Punks gewesen.

Ich griff nach etwas, was hier gern gesehen wurde: Produktivität und – wie jedenfalls gepredigt wurde – selbständigem Einsatz. Ich kreierte eine Schülerzeitung und nannte sie nach einer bekannten Sandalettenmarke. Ich wagte es und machte mich lustig über die Welt, die sich mir bot, kopierte mein Schreiben und legte es auf. Naiv freute ich mich kurz an der Bewunderung meiner Kollegen, dann schlug mir der Zorn der Lehrer ins Gesicht. Man teile nicht denselben Humor, und Destruktivität sei an dieser Schule nicht gefragt. Geduckt und mich unsichtbar machend, schlich ich in der Folge durch das Haus, wich jedem aus und wollte unter keinen Umständen noch einmal auffallen. Ich war mir nicht mehr sicher, ob das Leben in der Gesellschaft wirklich besser war. Ich wurde auch von ihr gezüchtigt, nicht mehr nur von den Eltern.

Alles, was ich erlebte, waren Einschränkungen. Ich wurde mit voller Kraft in eine Form gepresst, blieb fernbestimmt und hatte mich ausschließlich den Wünschen anderer anzupassen. Was für Möglichkeiten hatte ich, um mich zu schützen? Kampf und Flucht hatten mir in der Vergangenheit nicht geholfen. Es blieb nur die Eigenständigkeit im Kopf, auch wenn dieses Geheime inhaltsleer war. Es schien der einzige Weg aus der Verfahrenheit meines Daseins; eine Existenz, in der ich alles nach innen stülpte und bodenlos und ohne Orientierung im scheinbaren Nichts driftete, als würde ich im Weltall schweben. Ich lebte wie in einer Blase, rettete mich in eine innere Distanz und harrte aus. Ich isolierte mich in mir selbst und lehnte alles Bekannte ab, denn alles war mit meinen Eltern verbunden. Ohne sie wäre ich jetzt an der Kunstgewerbeschule und glücklich. Ich hätte die Freiheit, Möglichkeiten auszuprobieren und mich zu definieren. Hier blieb ich ein Nichts.

Auch aus der scheinbaren Ferne thronte meine Mutter als Gott am Himmel und schickte Blitze auf meine Erde. Sie hatte die Kontrolle abgegeben, doch misstraute sie dem professionellen Kontrollorgan. Ihre Skepsis äußerte sie durch eine Flut an Briefen an die Schuldirektion und mit einem fürchterlichen Auftritt am Elternabend, wo sie kritisierte, dass wir zu viel Freiraum hätten. Meinte sie damit, dass die Klozellen abschließbar waren? Oder dass es oben auf dem begehbaren Dach keine Kameras gab? Niemand wusste, wovon sie sprach. Sie war verrückt, und außer mir war das offenbar jedem egal.

Der Schuldirektor war jedoch ein Mann, den ich als stark erkannte; er ließ sich im Gegensatz zu meinem Vater nicht von meiner Mutter beeindrucken und ging nicht auf ihr Gerede ein. Man erzählte sich Geschichten über ihn. Er sei Boxer gewesen, hieß es. Im obligatorischen Armeedienst habe er einen Vorgesetzten bewusstlos geschlagen und sei deshalb im Knast gelandet, wo es nur ein Buch gab: die Bibel. Aus Langeweile habe er angefangen, darin zu lesen – und war Priester geworden. Diese Vergangenheit beeindruckte uns Schüler, waren wir doch selbst geschichtenlos wie eine weiße Wand, an der man jedes Loch und jeden Flecken sofort ausbesserte und übermalte. Was uns auszeichnete, war Anpassungsfähigkeit und Feigheit. Mitspielen und nicht auffallen stand groß über unserem Dasein geschrieben.

Für die Schule spielte ich den vorbildlichen, moralisch motivierten und braven Studenten. Den Eltern gegenüber zeigte ich mich devot und freundlich. Und war für niemanden mehr erreichbar. Ich funktionierte nur noch, und alles, was ich kannte, war Lernen, Schlafen und Beten. Auch mit Gott sprach ich genügsam, wie ich es gelernt hatte, denn ich wollte nicht erzürnen, was sowieso schon erzürnt war. Ich lief die Wände entlang und suchte ein Loch, eine Möglichkeit zum geistigen Ausbruch. Bis ich eines fand, galt es, die unendlich dauernde Gegenwart zu ertragen, bis zu einem Ende, an dem hoffentlich die Freiheit begann.

Nicht nur ich war eingesperrt; in meinem Schrank lebte eine Maus. Ich hatte sie in einem Zoogeschäft gekauft, um einen Freund zu haben, etwas nur für mich in einer Welt, in der ich selbst Maus war. Ich war klein, scheinbar ohne Rechte und wurde schon in einem Käfig geboren. Die Maus hatte unbarmherzig in meinem Schrank zu leben, in Dunkelheit, während ich wenigstens Fenster zur Außenwelt hatte. Ich erkannte spät, dass ich der Einzige war, der zu diesem Leben gezwungen wurde. Die anderen Schüler schienen freiwillig hier zu sein. Sie wollten wirklich Lehrer werden. Was für mich Bestrafung und Unterdrückung bedeutete, war für sie Inhalt einer Ausbildung zu einem selbst gewählten Beruf. Sie sahen Sinn in dem, was für mich sinnlos war. Sie kamen mir wie Mäuse vor, die sich selbst im Labor gemeldet hatten und froh waren, wenn sie wieder eine Runde weiterkamen.

Auch ich musste immer wieder antreten und schaffte alle Tests, die es zu bestehen galt. Je länger ich es in der Gefangenschaft ausgehalten hatte, desto weniger wollte ich rausfliegen, denn ich sah es als Investition, um irgendwann mit dem Diplom aus dem Tor treten zu dürfen, mit der großen Tasche in der Hand, und nicht mehr nach Hause zurückkehren zu müssen, sondern endlich gehen zu können – weit weg. Und meine Vergangenheit würde dahin kommen, wo sie hingehörte; ins Grab der Familie. Jeden Tag und jede Stunde galt es aufzupassen, denn die Einzigen, die etwas Leben in die Klasse gebracht hatten, waren von der Schule geflogen. Klaus aus meinem Zimmer; es war rausgekommen, dass er heimlich hinter der Kirche gekifft hatte. Lars, der manchmal im Unterricht eingeschlafen war. Und Markus, der Schwarze, der sich künstliche Dreadlocks in die Haare hatte flechten lassen. Immer wieder lag eine dieser Dreads im Schulhausgang.

Der Rausschmiss meiner Kameraden hatte einen schalen Geschmack hinterlassen, Mitleid und die Angst, der Nächste zu sein. Ich schnappte nach Luft und eilte in den großen Pausen ins Wohngebäude, die Treppe hinauf und versteckte mich in einem winzigen Raum unter dem Dach, dem Raucherraum. Hier stank es angenehm nach abgestandenem Rauch, die drei Sessel waren schmutzig und durchgesessen. Ich breitete Tabak, Papierchen und Filter vor mir aus und drehte mir eine Zigarette. Es gab keine Fenster, nur die Tür aufs Dach mit der schönsten Aussicht der Welt. Manchmal gesellte sich jemand dazu, setzte sich seufzend, und ich wagte zu lästern. Dieses Räumchen war meine Oase in der Wüste der Leblosigkeit, hier war ich fern der kontrollierenden Blicke an einem Ort, wo ich kurz jugendlich sein konnte, jammern und lachen durfte. Ich zündete die Zigarette an und inhalierte den Rauch, der mich durchströmte und den ich Richtung offener Tür ausstieß, wo er sich mit der Luft vermischte und entschwand. Eine kurze Atempause vom Unterricht, wo es stundenlang zuzuhören galt und ich im Delirium versank. Nur drei Fächer stachen heraus – sie waren mit Bewegung verbunden, was in dieser starren Welt unpassend schien. Das eine hieß Landschaftsbetrachtung und verlangte von uns, mit Bussen an irgendwelche Enden der Zivilisation zu fahren und in Gummistiefeln über Wiesen zu laufen, um auf selbst gemachten Karten Hügel, Berge und Bäche einzutragen. Es bedeutete frische Luft und Natur. Nicht nur Regen und Dreck, denn manchmal schien auch die Sonne und der Ausflug hätte mir fast Freude bereitet. Das zweite Fach nannten sie Bewegungsimprovisation und fand in der Aula statt. Der Lehrer saß wie ein Guru in einem weiten, weißen Gewand auf dem Bühnenrand und hieß uns je eine kleine, dünne Matte von einem Stapel nehmen und auf dem Boden ausbreiten. Dann rannten wir herum, legten uns hin, dehnten und streckten uns und atmeten schreiend aus. Manchmal verlangte der »Meister« auch, dass wir uns gegenseitig berührten und massierten. Das bedeutete nichts weniger als körperliche Nähe in einer Welt voller Distanz. Es war seltsam und schien mir grenzüberschreitend und unangebracht an diesem vergeistigten Ort, wo man seine Individualität am besten beim Eingang abgab. Da war mir selbst Sport lieber, das dritte Fach, in dem wir nicht einfach nur zu pauken hatten. Alle rannten hinter einem Ball her, und ich stand ohne Brille im Tor. Es galt, trotz verschwommener Sicht schnell genug zu reagieren, um den Ball nicht mitten ins Gesicht zu kriegen.

Die Krönung der Macht der Umstände erlebte ich aber am Samstagmorgen, wo ich nicht nur nach dem Unterricht nach

Hause fahren, sondern zuvor noch tauchen musste, bis ich keine Luft mehr kriegte. Wir Schüler warteten unter der Kirche auf den Bus, mit schmutziger Wäsche in der Tasche wie auch Schwimmzeug. Im Bus war mir übel, lähmende Angst vor dem, was nun kommen würde, zog meinen Magen zusammen. Die nächsten zwei Stunden mussten wir im Hallenbad verbringen, frierend am Beckenrand den Anweisungen des Lehrers folgend, um immer wieder ins Wasser zu springen und Leistung zu zeigen.

Der Lehrer warf mit viel Schwung farbige Ringe ins Becken, die sofort sanken und in der Tiefe verschwanden. Mindestens vier davon galt es zu holen. Ohne Brille und unfähig, die Augen unter Wasser richtig zu öffnen, versuchte ich, den Ringen hinterhertauchend, den Boden zu erreichen, spürte den Druck der Tiefe wachsen, und meine Angst schlug in Panik um. Das Wasser hielt mich hart umschlossen, suchte in jede Öffnung zu dringen und hätte mich ohne meinen Willen nur noch tot freigegeben. Endlich sah ich etwas Gelbes, kriegte es nach mehreren Griffen ins Leere zu fassen, doch war unfähig, nach weiteren Ringen zu suchen. Da war dieses mächtige Bewusstsein, zu ersticken. Ich hatte keinen Sauerstoff, wollte nur noch atmen, über mir der Druck der Erwartungen, des Zwanges. Bevor Wasser in meine Lunge drang, tauchte ich auf. An der Oberfläche erreichte mich endlich wieder Luft, die meine Lunge füllte, mich rettete.

So enttäuschte ich jeden Samstag den Schwimmlehrer, indem ich mich weigerte, mich noch näher an den Erstickungstod zu wagen. Ich war der Einzige, der jeweils nur einen Ring zu fassen bekam. Ich war auch der Letzte, der nach zehn Längen den Beckenrand erreichte, mit verquollenen, brennenden Augen, um mit letzter Kraft aus dem Wasser zu steigen. Dazu kamen die Sprünge vom Turm. Man stieg hinauf und stand auf einem rauen Brett, das unter dem Körpergewicht nachgab und, bewegte man sich abrupt, auf und ab zu wippen begann. Unten wartete bedrohlich die Masse kalten Wassers, zu der mich die mächtige Schwerkraft hinzog. Der Lehrer und meine Mitschüler schauten klein, erwartungsvoll und ungeduldig zu mir hoch. Wie viele Drehungen schaffte ich, bevor ich auf die harte Wasseroberfläche klatschte? Lachten sie noch, wenn ich auftauchte? Ich hasste Samstagmorgen. Aber ich wusste; je schneller ich sprang, desto schneller war er vorbei.

Mit vom Chlorwasser geplagten, roten Augen und feuchten, wirren Haaren lief ich mit den anderen vom Hallenbad die Straße hinunter zum Bus, der uns zum Bahnhof brachte. Er kämpfte sich zwischen den Autos hindurch, unsere Gesichter schauten leer und erschöpft aus den Fenstern und sahen geräuscharm eine Kulisse vorübergleiten, die keinem von uns etwas bedeuten konnte. Es war ein Ort, an dem man gezwungenermaßen am Sonntagabend zusammenkam und den man am Samstagmittag wieder verließ. Die anderen in spannende Abenteuer, von denen sie jeweils erzählten: Feste, Partys, ein Abend mit Freunden. Ich fuhr von der Zelle in Zug zurück in die Zelle zu Hause, in der es auch das Wochenende abzusitzen galt.

Am Bahnhof warteten wir auf verschiedene Züge, einige von uns nahmen einen Bus. Ich setzte mich ans Fenster, neben mir die Tasche mit der benutzten Unterwäsche und einem Badetuch, das feucht war, weil es an diesen Samstagen nicht zum Verbergen eines Geheimnisses mitgeführt wurde, sondern wirklich verwendet worden war. Die Distanz wuchs, als der Zug durch die Hügel fuhr und in einen Tunnel nach dem anderen eintauchte. Es war eine Distanz zu allem, denn ich ließ nichts zurück und fuhr nichts entgegen; es war ein Moment, in dem ich zu nichts und niemandem gehörte; eingehüllt in eine völlige Bedeutungs- und Antriebslosigkeit. Ich erreichte den Ort, an dem nicht mehr existierte als mein Zimmer und die Stimme meiner Mutter, die zum Abendessen rief.

Es gab Brot, außer mein Vater hatte genug Energie, um neben seinem Haushaltsdienst noch zu kochen. Wir saßen kauend am Tisch, und mein Vater redete gegen die Stille an, solange die Mutter ihn ließ. Er erzählte von seiner Tätigkeit, für das Land die neuen Kampfflugzeuge einzukaufen. Etwas, worüber sich jeder außer ihm aufzuregen schien; selbst im Internat und in der Schule war es ein Thema. Krieg war aus den Köpfen verschwunden, oder man kannte ihn nicht. Wieso also Milliarden verschwenden für etwas, das es gar nicht gab? Nur für mich war Krieg allgegenwärtig, auch wenn die Sirene auf dem Dach des Altenheims gegenüber schwieg. Ich erzählte meinen Mitschülern nicht, dass mein Vater der Einkäufer dieser Kriegsmaschinen war. Ich sagte auch nicht, dass wir gar nicht im Frieden lebten, zumindest nicht ich. Dieses Glück und die Freude der Sorglosigkeit kannte ich nicht. Ich lebte in einem Bunker, wo ich nur warten konnte, bis alles vorbei war.

Meine Mutter sagte, dass sie Saddam Hussein mochte, nur um meinen Vater zu ärgern und ihn zum Schweigen zu bringen. Ich rettete mich in die Leere meines Zimmers, lag auf dem Bett und wartete darauf, dass das Bücherregal endlich über mir zusammenbrach. Der Unfall war mir nicht vergönnt, und der Sonntag verstrich, wie er verstreichen musste: in der Kirche, im Wiener Café und im Zug zurück zum Internat.

tür im endlosen gang

Am Ende des Schuljahres zogen wir ein Stockwerk nach oben, unten kamen Neue hinzu, zuoberst schieden die Ältesten aus. Wir strebten dem Ende entgegen, das wie die Wurst beim Hund vor unserem Maul baumelte und unerreichbar schien, denn das jahrelange Warten wirkte wie Endlosigkeit. Der Geruch der Wurst motivierte und war nicht aus der Nase zu kriegen. Die Halbzeit feierten wir in einer Kneipe am See. Man hatte uns Freizeit gewährt, uns als genug gezüchtigt eingeschätzt und die Aufsicht nach dem Unterricht abgezogen. Unser Tutor war weg, hatte die Insel verlassen und war irgendwo Lehrer. Wir hatten begonnen, uns zu rasieren, und das kindliche Bettzeug war unauffälligen Laken gewichen. Wir wurden erfolgreich vom Zögling zum Erzieher geformt. Die Freizeit verbrachten wir, wie es sich für zukünftige Lehrer gehörte; lesend, diskutierend oder durch das Städtchen spazierend. Uns war bewusst, dass Lehrer zu werden bedeutete, Instanz und Vorbild in Sachen Moral und Disziplin zu sein.

In den Fächern Psychologie und Pädagogik wurde uns erklärt, wie wir Kinder dazu brachten, zu schlucken, was wir ihnen servieren, und sich so zu verhalten, wie man sich eben verhielt. Als Unterdrückte lernten wir, andere zu unterdrücken. Als Geformte sollten wir das noch Frische formen, um den Kreislauf am Laufen zu halten. Wir wurden auf die Kinder losgelassen, um zu üben. Das war in Ordnung für mich, denn ich mochte sie lieber als die Erwachsenen. Sie waren frisch, fröhlich und voller Energie. Sie lebten im Moment, und was sie lebten, war intensiv. Sie nahmen mich wahr und sahen in mir nicht etwas, was ich sein sollte. Die Erwachsenen waren urteilend, kontrollierend und kalkulierend. In ihnen sah ich die Täter, in den Kindern die Opfer. Die Erwachsenen waren ein Produkt, die Kinder Potenzial. Ich selbst steckte noch irgendwo dazwischen, doch mein Widerstand gegen Zwang und Bevormundung war gebrochen, die Zeit hatte mich mürbe gemacht. Ich fand mich mit der Rolle ab, die man mir zugedacht hatte; ein Hüter von Werten zu sein, die nicht meine waren.

In den Sommerferien schickte man mich in ein Praktikum nach Les Diablerets in die französische Schweiz, damit ich mein Französisch verbessern konnte. Am Bahnhof wartete ein Bus auf mich, dessen Fahrer wie ein Irrer die kurvige, dünne Straße hinaufbrauste, bis vor das Gebäude, wo auffallend traurige Kinder und Jugendliche ihre Ferien mit Lernen verbringen mussten. Ich hatte die Rolle des Deutschlehrers übernommen und unterrichtete jeden Morgen Jugendliche, die kaum jünger waren als ich. Ihre Eltern hatten sie zu diesem Aufenthalt verdonnert, weil sie schlecht in der Schule waren. Dementsprechend groß war ihre Motivation. Der Direktor des Hauses hatte mich vorgewarnt und mir empfohlen, hin und wieder Ohrfeigen zu verteilen.

Am Nachmittag musste ich die Kinder und Jugendlichen auf den Sportplatz führen. Ich gab ihnen einen Fußball und schaute dann, dass bei ihrem Spiel die Kleinen nicht verletzt wurden. Nach dem Sport begleitete ich sie zu den Duschen, wo alle nach Geschlecht getrennt wurden. Ich setzte mich in den Gang, bis einer der Jungs zu mir kam und mich bat, als Aufsicht in die

Dusche zu kommen. Die Kleinen machen nur Scheiß, sagte er. Ich folgte ihm und setzte mich so, dass ich die nackten Körper im Wasserdampf sah. Ich sah sie entblößt vor mir stehen und wusste, dass sie in mir den Wärter akzeptierten. Ich betrachtete sie, als sie sich abtrockneten und sich anzogen, und weigerte mich am nächsten Tag, meinen Platz im dunklen Gang zu verlassen. In mir war zu viel Respekt für das Leben und seine Geheimnisse. Ich erlaubte mir nicht, zu sehen, was nicht für meine Augen bestimmt war, ich wollte nicht kontrollieren, was freien Raum brauchte. Als wüsste ich nicht, wie es ist, wenn man keine Rechte hat. Als könnte ich plötzlich unberührt auf der anderen Seite stehen und Freude empfinden, selbst die Macht zu haben, die ich so hasste.

Es gelang mir, Lehrer und gleichzeitig Kumpel zu sein, bis in der dritten Woche ein neuer Schüler dazukam. Matteo war größer als ich und doppelt so schwer. Er setzte sich massig in die erste Reihe, schaute mich böse an und knallte die Füße aufs Pult. Ich stand, körperlich unterlegen und kaum älter als er, mit dem Lehrerbuch in der Hand vor der Klasse. Ich spürte, dass es ein Test war, in dem viel auf dem Spiel stand. Ich schaute Matteo an und sagte: Nimm die Füße vom Tisch und lass sie unten, sonst werfe ich dir dieses Buch an den Kopf. Seine Mimik veränderte sich zu einem Grinsen; er war bereit für das Spiel, nahm die Füße runter, um sie noch lauter aufs Pult zu knallen. Ich reagierte und warf. Das Buch traf seine Stirn und fiel auf den Boden. Der Film fror kurz ein, bis Matteo aufstand und dabei das Pult so heftig von sich stieß, dass es mit einem Knall nach vorn kippte. Er lief auf mich zu und knapp an mir vorbei. Hinter mir krachte die Tür zu; es war wie ein Schuss, der mich traf.

Was hatte ich getan? Die Schüler glotzten mich an, niemand sagte ein Wort. Ein Junge kam mir zu Hilfe, als ich das Pult wieder aufrichtete. Bestimmt war Matteo unterwegs zum Direktor, um den Vorfall zu melden. Ich hob gerade das Lehrerbuch vom Boden auf, als er zurück in den Raum trat. Er setzte sich und sagte zu meinem Erstaunen: Können wir endlich anfangen? Am Sonntag rief mich der Direktor zu sich, um mir Geld zu geben. Es sei von Matteos Mutter. Sie wisse nicht, wieso, aber es gefalle ihm hier und er wolle länger bleiben. Ich hatte einen Fehler gemacht – und Glück gehabt.

Glück hatten wir auch, dass der Fahrer des Kleinbusses, von dem ich inzwischen wusste, dass er so irre fuhr, weil er meistens betrunken war, diesen nicht von der Straße steuerte, als er uns zur Pferdefarm brachte. Als wir ausstiegen, musste sich ein Kind übergeben. Nachts erwachte ich, weil ich dachte, auch kotzen zu müssen. Ich rannte aus dem Zimmer und den Gang entlang, bis ich das Bewusstsein verlor. Auf dem Boden liegend, wachte ich auf und ging zurück ins Zimmer, wo ich am nächsten Morgen im Spiegel die fleischige Wunde über meinem Auge sah. Ich musste gegen den Schrank im Gang gerannt sein. Beim Frühstück sah mich der Direktor und schickte mich mit dem Fahrer zum Dorfarzt. Der alte Mann nähte mir ohne Betäubung die Wunde, und an der Stelle, wo das Buch Matteos Kopf getroffen hatte, klebte jetzt ein Pflaster an meiner Stirn.

So saß ich später im dunklen Gang, während die anderen duschten. Mein Dienst war beendet, sobald der Letzte aus der Dusche trat. Dann war ich erlöst von meiner Pflicht und stand wie die anderen nach dem Abendessen als Jugendlicher im Discoraum an der Bar. Ich probierte jeden Tag einen anderen Longdrink und kaufte stärkere Zigaretten. So war das Leben ganz schön, fand ich. Tagsüber auf der einen Seite, abends auf der anderen. Der Direktor sah es nicht gern, wenn ich Spaß hatte. Aber er war nicht meine Mutter, und um ihn zu provozieren, küsste ich vor seinen Augen ein Mädchen – nur weil es verboten war. Wenn sie wollten, dass ich den Erwachsenen spielte, mussten sie mir auch Freiheiten lassen. So genoss ich dieses und andere Praktika, denn sie bedeuteten nicht weniger als ein bisschen Freiraum. Und ich fand einen Freund, als ich für Wochen einen Jungen mit Muskelschwund betreute.

Wir begegneten uns, als sein Leben zu Ende ging und meines langsam anfing. Oliver saß in einem motorisierten Rollstuhl, den er mit einem Finger bedienen konnte. Er hieß mich hinten aufsteigen und fuhr mich stolz durch den kleinen Ort, in dem er wohnte. Sein Vater war auf dem Fahrrad von einem betrunkenen Autofahrer überfahren worden. Es blieben seine Mutter und er, die mit mir im kleinen, ordentlichen Garten sitzen konnten. Privatflugzeuge brummten über uns hinweg, denn auf einem kleinen, flachen Hügel neben dem Dorf lag ein Flugplatz, mit einer Wiese als Landebahn. Oliver zeigte ihn mir, ich setzte mich neben dem Rollstuhl auf den Boden, und wir schauten zu, wie ein Flugzeug abhob und ein anderes landete. Abheben, den Boden der Umstände verlassen, dieser Traum verband uns. Mehr Beweglichkeit; fliegen und alles kleiner werden lassen und am blauen Himmel entschwinden.

Die Sonne brannte, und Olivers Mutter fuhr uns täglich ins Freibad im Nachbarort. Oliver schaute im Rollstuhl dem Treiben beim Schwimmbecken zu, sah die Kinder kreischend vom Sprungbrett springen. Einige Kinder zeigten mit dem Finger auf ihn, als er durch die Menge fuhr, weil wir beim Imbiss Fritten essen wollten. Seine kleine, dicke Hand zitterte, wenn er mit täglich schwindender Kraft eine Fritte zum Mund führte. Er wusste, dass seine Krankheit nicht heilbar war und dass sich die Muskeln in seinem Körper zurückbildeten, bis irgendwann auch sein Atem aussetzen würde. Manchmal sah er mich an und dankte mir. Du bist mein einziger Freund, sagte er. Auch seine Mutter war dankbar, meine Anwesenheit entlastete sie. In der letzten Woche saßen wir in einem kleinen Flugzeug, hoben ab und ließen für eine Stunde alles zurück, was Kraft und Anstrengung forderte. Olivers Mutter hatte ihm unbedingt noch den Wunsch erfüllen wollen, einmal zu fliegen. Wann, wenn nicht jetzt, zusammen mit einem Freund?

Ich spürte, dass mich Kinder mochten, weil ich mich ihnen verbunden fühlte; wir standen auf derselben Seite. Ich konnte ihnen als Lehrer ermöglichen, was mir selbst nicht vergönnt gewesen war; Raum geben, den sie mitgestalten und in dem sie sich frei bewegen konnten. Vielleicht wirkte nun die Programmierung im Internat und die Gewohnheit hatte meinen Widerstand ganz gebrochen, denn inzwischen dachte ich wirklich daran, Lehrer zu werden. Doch die Freizeit, die man uns im Seminar nun zusprach, bot zu viele Gefahren, wie meine Mutter es genannt hatte. Es brauchte nicht mehr als einen Jugendlichen, der auf einem Skateboard Lärm machte und damit meine Aufmerksamkeit auf sich lenkte.

Ich setzte mich auf eine Bank und sah ihm zu. Der Skater war attraktiv, wirkte cool und selbstbewusst. Er schien einer anderen Welt zu entstammen und wirkte wie eine süße Versuchung auf mich, der ich steif auf der Bank bei der Kirche saß, während er wild vor mir über den kleinen Platz kurvte, mit seinen Füßen das Rollbrett führte und gekonnt in die Luft hob. Meine Aufmerksamkeit weckte seine Aufmerksamkeit, er setzte sich neben mich, um mit mir zu rauchen. Auch in den nächsten Tagen bewunderte ich Ralf, und wir verabredeten uns. Wir kamen auf dem Kirchenplatz zusammen, er als wilder Skater und ich als sein Fan.

Dann zeigte er mir den Skatershop; eine dunkle Treppe führte ins Untergeschoss und hinein in eine Welt, die mir verborgen geblieben wäre, hätte man mich nicht hingeführt. Es war eine geheimnisvolle Welt, kreiert von spannenden Jungs, die sich visuell abhoben mit ihren Basketballmützen, Rollbrettern, bunten T-Shirts und breiten weiten Hosen, alles original aus dem weit entfernten Amerika. Neben ihnen wirkte ich langweilig, und es wurde mir klar, was ich war – eine kleine, graue Maus. Sie waren eine Gemeinschaft, verbunden durch eine Leidenschaft. Sie hoben sich von der Gesellschaft ab. Sie mussten nicht rebellieren, sie schienen schon frei. Ich wollte einer von ihnen sein und aus der Isolation des Internatslebens treten. Ich kaufte mir mit dem ersparten Geld aus Ferienjobs das nötige Material: ein benutztes Skateboard und das Outfit dazu. Auf dem Kirchenplatz zeigte mir Ralf die Grundlagen, und ich stand wackelig und wie verkleidet auf dem Rollbrett, um immer wieder auf den harten Boden zu knallen.

Schnell verließ ich wieder die Welt der Skateboarder. Ich hatte im Shop etwas entdeckt, das weiter ging und mich mit neu gewecktem Ehrgeiz auch von dieser Gruppe abheben sollte: das Snowboard. Es war das Neueste aus Amerika, sagte man mir. Es sei wie Wellenreiten, nur nicht im Wasser, sondern im Schnee. Wir waren nicht in Kalifornien, es gab hier kein Meer und keine Wellen, aber Berge mit Schnee gab es mehr als genug. Es war die große Entdeckung für mich, wie Juckreiz breitete sich die Begeisterung in meinem Körper aus; ich war infiziert, und es gab keinen Weg zurück. Es war wie eine Tür, die plötzlich vor mir im endlosen Gang sichtbar geworden war, ich musste nur noch hindurchgehen und auf die andere Seite treten.

Doch dazu brauchte ich meine Eltern; der Schritt kostete Geld und verlangte mehr Freiheit. Am Samstagabend schluckte ich am Esstisch das Brot hinunter und wagte es, breitete wohlüberlegt vor ihnen aus, was für Möglichkeiten mir das Snowboard bieten konnte. Ich sprach von unseren schönen Bergen und erwähnte immer wieder das große Wort: Sport. Mein Vater war während des Studiums Skilehrer gewesen, und die Leidenschaft für den Wintersport hatte ihm zwar indirekt einen Sohn genommen, war jedoch stets erhalten geblieben. Meine Mutter hingegen interessierte nur eines: Waren irgendwie der Teufel oder Drogen involviert? Doch weil der Teufel Sport hasste und Sport Leute von dummen Ideen abhielt, fanden nach einer langen Pause Worte, die alles verändern sollten, den Weg aus ihrem Mund: Ich finde das gut. Diese Worte bedeuteten nichts weniger als Unterstützung. Mein Plan war aufgegangen, ich hatte nicht vergebens den braven Sohn gespielt und mich äußerlich allen Regeln gebeugt. Es war Waffenstillstand, und daraus konnte etwas wachsen – der Sohn war auf dem richtigen Weg. Meine Eltern gaben mir das Geld, und ich schleppte glücklich eine Snowboard-Ausrüstung vom kleinen Skatershop hinauf ins Internat.

Bis zu einer gewissen Geschwindigkeit war es Gleiten, dann fühlte es sich an, als würde ich abheben. Wenn ich Kurven fuhr, stob der Pulverschnee in die Luft und bedeckte wie Puderzucker mein Gesicht. Ich entglitt wie schwerelos allem, was ich kannte, und die Sonne schien, während alles unter dem Nebelmeer zurückgelassen lag; die Dörfer, Hügel und Seen. Nur die Berge tauchten aus dem Wattebausch auf, der mich vom Rest der Welt trennte. Die Sonntage verbrachte ich nun im Schnee und wurde mit meinem exotischen Snowboard von den Skifahrern angestarrt. Sie schauten zu, wie ich, leicht vornübergeneigt und mit angewinkelten Knien, quer zum Hang auf dem Brett klebend, einen großen Bogen fuhr, um anschließend unbeholfen auf meinem Hintern zu landen. Sie konnten so viel lachen, wie sie wollten, ich war begeistert. Ich hatte eine Nische nur für mich gefunden – etwas ganz Eigenes – und hatte den Ausbruch aus dem Üblichen geschafft. Snowboarden war kein Sport, es war viel mehr: Freiheit, Selbständigkeit und etwas, was man entdecken musste und nicht einfach schon da war.

Unter der Woche blieb ich in Gedanken in den Bergen und lebte in der Vorstellung nur noch im Schnee. Ich fand einen Weg, meine Leidenschaft auch im grauen Innern des Internats auszuleben: Ich kreierte ein Magazin. Keine Schülerzeitung, die mir die Schule verbieten konnte, sondern etwas für die ganze Welt; etwas für die kleine Gemeinschaft, die da draußen verstreut lebte und wie ich auf einem Brett die Hänge hinuntersurfte und sich vom Gängigen abhob. Etwas für Leute wie mich; einsame Einzelkämpfer und nach mehr strebende Außenseiter. Für sie kanalisierte ich meine Kreativität in ein Medium, das ich »Independent« nannte, denn das war mein großer Wunsch: Unabhängigkeit.

Die Schule wurde zur Nebensache, ich hatte jetzt mein eigenes Ding. Ich gestaltete und schrieb, während ich für die Fotos einen Mitschüler beizog, Volker, den Hobbyfotografen. Ich überzeugte ihn, sich auch ein Snowboard zu kaufen, und schleppte ihn mit in die Berge. Schon bald lief auch er in zu großer Hose und mit einer Basketballmütze durch das Internat und kopierte mit mir auf dem Drucker der Schule stundenlang das dünne Magazin. Ich sandte es an die wenigen Skatershops im ganzen Land, wo man es auflegte und meine kleine Publikation langsam zu Lesern kam. Das Heft fand auch die Aufmerksamkeit einer Journalistin, die mich anrief und für einen Beitrag in einer nationalen Wochenzeitung interviewte. Es ging um die jungen Wilden, wie sie uns nannte, »die Pest auf der Piste«. Der Artikel sprach von einem Krieg zwischen Skifahrern und Snowboardern und machte mich zum Sprecher dieser Rebellen, die das vertraute familiäre Schneeparadies in Aufruhr versetzten. Nach dem Erscheinen des Textes klingelte das Telefon im Internat erneut, und es wurde nach mir verlangt. Ein Herr Lehmann war am Apparat.

Tage später saß er mir in einer Kneipe am See gegenüber – angereist vom anderen Ende des Landes – und sprach von Großem: einem professionellen Hochglanzmagazin. Er organisiere alles, ich müsse nur einfach weiterschreiben, sagte er und gab mir ein Laptop und ein Handy. Von beiden Geräten hatte ich bisher nur gehört, aber noch nie eines live gesehen. Mit ihnen und einem Job in der Tasche kehrte ich zurück ins Internat, setzte mich auf die Dachterrasse, um zu rauchen, und der Ausblick war einmal mehr so überwältigend, dass er mich fast erschlug. Der Himmel war in so viele Farben getaucht, dass mich ein tiefes Gefühl von Glück erfüllte – eine pulsierende, mir bisher unbekannte Empfindung.

In den nächsten Monaten hob ich total ab, gründete einen Verein, ein nationales Wettkampfteam, organisierte Camps und eine Party mit Konzerten. Ich fand Sponsoren und ließ mir Snowboards und Klamotten schicken. Während die anderen lernten, trat ich weit über vorstellbare Grenzen hinaus. Ich hatte mich erfolgreich aus der Welt meiner Mutter geschraubt. Sie akzeptierte sogar, dass ich keine Zeit mehr für den Kirchenbesuch am Sonntag hatte, denn ich musste als erfolgreicher Sportler zwingend am Wochenende in den Bergen sein. Ich hatte einen Weg gefunden, der sie und mich zufriedenstellte. Für sie war ich der sportliche zukünftige Erzieher, für mich bedeutete es eigener Raum mit eigener Entscheidungsgewalt, denn meine Tätigkeit war für meine Mutter etwas, von dem sie nichts verstand und mit dem ich sie auf Distanz halten konnte. Sie hatte keine Ahnung, dass wir Snowboarder laute böse Musik hörten und meine neuen Bekannten lange, ungewaschene Haare und immer eine Kippe im Mund hatten. Manche von ihnen kifften sogar.

Was nun geschah, war überraschend und überwältigend: Meine Mutter gab mich frei. So frei, wie es ein Schüler in einem katholischen Internat eben sein kann. Die Beziehung mit meiner Mutter veränderte sich, oder – es gab wieder eine. Sie sah mich verwandelt, meine Initiativen und mein Erfolg brachten mir Respekt. In ihren Augen hatte ich den Sprung vom kleinen Kind zum jungen Erwachsenen geschafft, und sie feierte es als ihren Erfolg. Es hatte sich gelohnt, meinte sie. Sie löste ihre verkrampfte Umarmung, und ihre panische Dominanz klang ab. Sie war nett zu mir, lächelte mich an, wenn ich in die Wohnung trat, wie damals, als ich das kleine Kind war. Es war verrückt, es schien, als würde sie mich plötzlich mögen. Es schien, als sei ich es wieder wert, geliebt zu werden. Sie wollte mich nicht mehr nur kontrollieren, sie wollte wieder Teil meiner Welt sein. Was sie in den letzten Jahren meinem Vater aufgetragen hatte – mich beschäftigt zu halten –, riss sie jetzt gewaltsam an sich.

Sie buchte Urlaube für sich und mich, der Vater hatte zu Hause zu bleiben. Sie zeigte mir Paris, wo sie als junge Erwachsene als Au-pair-Mädchen gearbeitet hatte. Sie erzählte von damals, als sie nach der Ausbildung ins Ausland gegangen war, bis ihr Vater bestimmt hatte, dass es jetzt genug an Freiheit gewesen sei und sie endlich arbeiten solle. Sie sprach von der französischen Familie, für die sie gearbeitet hatte, die jeden Abend Dinnerpartys gab, nach denen sie bis spät in die Nacht in der Küche abzuwaschen hatte. Wieder zu Hause, musste meine Mutter als Sekretärin arbeiten, bis sie jemanden gefunden hatte, den sie heiraten konnte, um dann einen eigenen Haushalt zu führen und Kinder zu gebären. Meine Eltern hatten sich bei einer Hochzeit gesehen und geheiratet, ohne sich vorher näher kennen zu lernen. Die einzigen Treffen hatten in Anwesenheit ihrer Eltern stattgefunden. Ob sich meine Mutter und mein Vater einmal mochten, weiß ich nicht. Wenn ja, dann musste die Liebe zusammen mit meinem Bruder gestorben sein.

Meine Mutter reiste mit mir nicht nur nach Paris, wir flogen auch gemeinsam nach Zypern. Im Flugzeug musste ich ihre Hand halten; sie hatte Angst, dass wir abstürzen. Das Hotel lag direkt an meinem so geliebten Meer, und ich fand Jugendliche, mit denen ich mich anfreunden konnte, während meine Mutter allein den Strand entlangging oder im Zimmer auf dem Balkon saß. Sie wirkte nicht mehr kontrollierend, sondern einsam. Die Konfrontationen waren gemäßigt; sie fragte noch immer, was ich machte und wo ich war, hatte aber kein Bedürfnis oder keine Kraft mehr, zu befehlen und einzuschränken. Als hätte sie die Verantwortung abgegeben und wäre dabei, sich selbst ganz in eine eigene Welt zurückzuziehen. Ich hasste sie nicht mehr, sie tat mir leid. Auch ihr Leben schien nicht schön, und vielleicht saß sie ebenfalls in einem Käfig, nicht nur ich. Was uns verband, war eine familiäre Schnittmenge, mehr nicht.

Ich wusste, dass ich mich abgrenzen musste und weiterhin die Heimlichkeit brauchte, um atmen zu können und um annähernd der zu sein, der ich war. Ich ging allein spazieren, um zu rauchen und mit einem Kaugummi im Mund ins Hotel zurückzukehren. Und da war Ingo, ein Jugendlicher, den ich am Pool kennen gelernt hatte. Mit seiner Familie lag ich in der Sonne auf dem Liegestuhl, während meine Mutter oben auf dem Balkon saß und hinunterschaute. Wir konnten so tun, als ob – meine Mutter und ich –, aber es war nicht mehr als ihre Verantwortung, die sie doch noch für mich trug, und meine Abhängigkeit von ihr und meinem Vater, was uns verband. Sie sagte, dass ich mich auch mal ein wenig um sie kümmern solle, und ich machte einen Busausflug mit ihr. Zusammen waren wir auf die Insel geflogen, und zusammen verließen wir sie, aber dazwischen fand ich mehr Nähe und Interesse bei Ingo und seiner Familie.

Zurück im Internat, erreichte mich über das für mich noch immer exotische Handy ein Angebot von Torsten Lehmann vom Hochglanzmagazin; er bot mir den Job als Chefredaktor an. Er hatte Räumlichkeiten für die Redaktion eingerichtet, und die erste Ausgabe stand an. In einer Stadt, die für mich in großer Ferne lag. Ich hätte alles, was ich kannte, sofort verlassen müssen, hatte mich aber im Internat eingerichtet, mir Freiraum erarbeitet und empfand so etwas wie Zufriedenheit. Ich konnte atmen und spürte, wie das Ende der Ausbildung immer näher kam. Die Entscheidung fiel, ich lehnte das Angebot ab. Ich blieb freier Mitarbeiter, saß weiter am Laptop und gab mich zufrieden damit, dass mein Leben inzwischen ganz erträglich war.

farbe im dunklen grau

Als wir im Psychologieunterricht die »phallische Phase« von Sigmund Freud besprachen, sagte der Lehrer, dass wir Mitschüler melden sollten, wenn wir denken würden, dass sie homosexuell sein könnten. Da war es wieder, dieses Thema, das mich begleitete, von dem ich aber nichts wissen wollte. Ich hatte nie ernsthaft in Betracht gezogen, schwul zu sein, auch wenn ich Jungs viel attraktiver fand als Mädchen. Ich konnte nicht schwul sein, denn das war krank. Schwule durften nicht Lehrer werden, denn schwule Lehrer waren pädophil.

In einer Welt voller Jungs, in dem das einzige weibliche Wesen alt war und im Sekretariat saß, könnten schwache Persönlichkeiten auf falsche Gedanken kommen. Deshalb organisierte man mit einem Internat, das von Ordensschwestern geführt wurde und wo die zukünftigen Lehrerinnen zur Schule gingen, ein gemeinsames Fest. Aufregung machte sich breit; wir putzten uns heraus und schmierten uns Gel in die Haare. Wir fuhren mit dem Bus zum Mädcheninternat, wo uns in der Aula das Angebot präsentiert wurde; junge weibliche Wesen, schüchtern und anständig angezogen.

Alkohol gab es nicht, nur Orangensaft, gereicht von einer Ordensschwester. Ein Mädchen hieß Birgit und fiel auf, weil es hübscher war als die anderen. Birgit war schlank, hatte eine Stupsnase und lange, blonde Haare. Ich selbst fiel auch auf, denn ich trug eine Basketballmütze, ein zu großes T-Shirt und breite Jeans. Alle anderen trugen Hemden, die sie brav in die Hosen gesteckt hatten. Birgit und ich kamen ins Gespräch. Kameraden, die hinter ihr vorbeigingen, grinsten mich an. Als der Orangensaft alle war und die Aufpasser fanden, dass das jetzt genug Austausch zwischen den Geschlechtern gewesen sei, wurden wir verabschiedet. Ich traf Birgit für einen Tee am See. Der See war kein Meer, und ein Mädchen war kein Junge. Doch meine Kameraden waren aufgeregt, als ich mit Birgit eine Beziehung anfing. Ich war jetzt der mit der schönsten Freundin im Internat.

Ich hatte mein Ziel erreicht; niemand würde auf den Gedanken kommen, dass ich schwul sein könnte. Meine Eltern zeigten sich begeistert, denn Birgit war ein Mädchen, und ein Mädchen war gut. Auch ich war zufrieden, denn die Familie meiner Freundin war in einer Freikirche und erlaubte weder Küsse noch sonstigen Körperkontakt. Es blieb bei Tee am See und regelmäßigen Telefongesprächen. Sie wohnte an der Bahnstrecke zwischen Zug und Luzern und war wie ich an den Wochenenden zu Hause. Sie fragte, welchen Zug ich nehmen würde, und winkte mit einem Tuch aus dem Fenster, wenn er vorbeifuhr. Eines Tages sagte sie mir am Telefon, dass sie jemanden in der Freikirche kennen gelernt und sich in ihn verliebt habe. Er war älter als ich und gläubig wie sie. Das war ein Ende, wie ich es mir wünschte. Ich brauchte keine Freundin mehr, denn im Internat hatte ich jetzt das Image des Kerls, der das hübscheste Mädchen kriegt.

Schwule sollte man zwar melden, aber im Unterricht mussten wir uns anfassen. Im Fach Bewegungsimprovisation legten wir uns auf die Matten und ließen uns auf Geheiß des Lehrers von Kameraden massieren. Ich von Heiko, einem sportlichen Mitschüler mit Jungengesicht. Für mich war es körperliche Nähe, die mir guttat. Heiko mochte es auch, und so übten wir das Massieren auch außerhalb des Unterrichts. Wir gingen in sein Zimmer, er zog sich das T-Shirt aus und legte sich auf das Bett, um sich von mir kneten zu lassen. Wenn jemand hereinkam, sagten wir, dass wir übten. Wir fingen an, in der Turnhalle zusammen zu trainieren. Es endete mit Balgereien im Geräteraum; fast entkleidet, pressten wir die verschwitzten Körper aneinander und rangen eng umschlungen auf dem kalten Boden. Im Unterricht setzten wir uns nebeneinander und nervten mit Geschwätz und Unaufmerksamkeit die Lehrer.

Es hatte sich eine Freundschaft mit einer speziellen Komponente entwickelt; wir fühlten uns körperlich voneinander angezogen. Doch ausgesprochen wurde es nicht, auch als die Anziehung offensichtlich wurde. Wir fingen an, uns gegenseitig zu necken und zu beleidigen. Ich beschloss, dass Heiko dafür bestraft werden musste, und warnte ihn: Bei der nächsten Beleidigung musst du dich am Schwanz massieren lassen. Er grinste breit und beleidigte mich ohne Zögern, was uns zwang, in sein Zimmer zu gehen. Er legte sich auf das Bett und deckte sich zu, während ich mich wie bei einem Krankenbesuch zu ihm setzte und unter der Decke mit der Hand die geheime Stelle zwischen seinen Beinen suchte. Er hatte mich gewarnt, dass es da vielleicht hart werden könnte, und das wurde es. Das Ganze lief unter Bestrafung, denn Spaß konnte das nicht machen, wir waren ja nicht schwul. Er fing an, auch mich zu bestrafen. Wir waren kreativ, was die Strafen anging, und schnitten uns sogar gegenseitig die Schamhaare – im kaum benutzten Klo im Untergeschoss, eingeschlossen in eine Kabine. Einmal erzählte mir Heiko, dass er jetzt eine Freundin habe. Das störte mich nicht und schien auch ihn nicht abzuhalten, weiterhin unsere Intimität zuzulassen. Ich wusste, wie das mit Freundinnen war. Hin und wieder brauchte man eine, um nicht aufzufallen.

Ich erzählte meiner Mutter, dass es so viel für die Schule zu tun gab, dass ich am Wochenende im Internat bleiben müsse. Ich fuhr mit Heiko zu seinen Eltern. In seinem Zimmer empfing mich mit geballter Ladung die Welt eines Teenagers; an den Wänden hingen Poster von Popstars, und das Zentrum des Raums war Heikos eigener Fernseher. Heiko schloss die Tür und drückte den großen Knopf an seiner Stereoanlage. Laute Musik erfüllte den Raum, und ich sah Heiko erstaunt an. Der brave Internatsschüler in den Sandaletten hatte sich in einen jugendlichen Rebellen verwandelt, der mich später in die Garage führte und mir sein bestes Stück zeigte: ein leuchtend rotes, nagelneues Mofa.

Es war Liebe auf den ersten Blick. Das Mofa lärmte und stieß wohlriechende Abgase in die Luft. Ich durfte eine Runde drehen; die Straße hinunter, um die Häuser und zurück. Es vibrierte, und ich spürte die Kraft unter meinem Hintern. Es war die Kraft des Verbotenen. Meine Mutter hatte mir immer untersagt, Mofa zu fahren, denn es barg Gefahren, die unermesslich waren und alles Vorstellbare übertrafen. Die Gefahr des Motors und der Geschwindigkeit – die ich locker mit meinem Fahrrad übertreffen konnte – war so unfassbar, dass es dafür keine Erklärung gab. Wie die Idee von Gott, die für mich keinen Sinn machte, aber anscheinend auch keinen Sinn machen musste, denn was als unergründlich galt, konnte ich als Jugendlicher sowieso nicht verstehen. Sinn machte aber, dass ich das Mofa cool fand und es für mich für Freiheit stand.

Beim Essen mit Heikos Eltern wurde mir wieder bewusst, was mir alles verwehrt geblieben und in was für einem Eispalast ich aufgewachsen war. Seine Eltern waren jung und freundlich, auf gleicher Augenhöhe fragten sie uns, was wir heute noch vorhätten, und rieten uns, es mit dem Trinken nicht zu übertreiben. Betrinken wollten wir uns wirklich, als wir mit dem Mofa zu einem Freund von Heiko fuhren; Heiko steuerte, und ich klammerte mich an ihn. Der Freund führte uns in den Partykeller seiner Eltern, wo wir uns an den bunten Flaschen bedienten und uns Cocktails in allen Farben mixten. Musik dröhnte, der Raum füllte sich mit Rauch, und meine Welt verschwamm. Wir pinkelten schwankend in den wilden Garten und sahen über uns die Sterne am klaren Himmel funkeln. Wir ließen das Mofa zurück, torkelten, einander stützend, über die Straßen und landeten in Heikos Bett, wo mich das Glück zudeckte und sich alles angenehm drehte.

Trotz Kater verstand mich Heiko ohne Worte und rief am nächsten Mittag ein paar Freunde an, um zu fragen, ob mir jemand ein Mofa verkaufen könnte. Ich war jetzt in einer Mofa-Gang, die dafür sorgte, dass ich noch am gleichen Tag mein eigenes Fahrzeug bekam. Es war schwarz und so stark frisiert, dass es bei jeder Steigung stehen blieb. Dafür schien es auf ebener Fläche keine Grenzen zu kennen. Ich brauste über den Asphalt und hatte wieder das Gefühl, abzuheben. Ich stellte wie die anderen die Füße auf das Trittbrett, denn auf den Pedalen hatten sie nur die braven Fahrer. Ich düste die Landstraße entlang Richtung Internat, während Heiko den Bus nahm. Ich schob mein neues Mofa den Bergfuß hinauf, an der Kirche vorbei und stellte es in den Fahrradraum. Ich war jetzt der Snowboarder mit dem frisierten Mofa, während Heiko wieder Sandaletten trug. So frei er am Wochenende war, so frei war ich unter der Woche – mit ganz neuem Selbstbewusstsein.

Es war mir egal, dass ich auffiel und wie eine grelle Farbe im dunklen Grau der Schule leuchtete. Unbekümmertheit durchdrang mich und kam zum vollen Ausbruch, als ich in den Ferien mit Heikos Gang ans Meer fuhr. Die Mofas standen im letzten Wagen, als wir im Zug an die französische Küste fuhren. Meine Mutter hatte ich dieses Mal nicht angelogen, denn wir gingen surfen, und das war Sport. Nur das mit den Mofas hatte ich verschwiegen. Wer einmal auf dem richtigen Weg war und darauf zu bleiben schien, dem gönnt man ein bisschen Vertrauen. Ich hatte mein Spiel perfektioniert, und meine Mutter war noch träger geworden. Sie hatte kaum mehr die Kraft, vom Sofa aufzustehen, und sah von ihrem unübersichtlichen Platz zu, wie das Leben um sie herum für sie unerreichbar weiterging. Ich spielte nicht mehr vor dem Haus, und sie konnte nicht mehr auf mich hinunterschauen.

Mit jedem Tag bewegte ich mich weiter weg von ihr und ihrer Angst. Ich saß sogar mit einem Bier auf einem Zeltplatz in Frankreich und hörte der Gang zu, wie sie von den Mädchen sprach, die ihr Zelt in der Nähe aufgeschlagen hatten. Während meine Bekannten kicherten, ging ich hinüber zu den Mädchen und führte sie zu uns. Was hatte ich zu verlieren? Solange mich die Polizei nicht anhielt und ich ihnen erzählen musste, dass ich keinen Führerschein für das Mofa hatte, konnte nichts schiefgehen.

Schließlich wurde, was ich als Kind geträumt hatte, Realität. Ich saß am Steuer eines Autos und fuhr durch die dicht befahrene Stadt. Wir steuerten auf die Autobahn, und der Fahrlehrer drückte mächtig aufs Gas. Ich hätte schreien können vor Aufregung, die Geschwindigkeit war überwältigend, und meine Hände klebten verkrampft am Steuerrad. Meine Mutter hatte keine Möglichkeit gesehen, mich davon abzuhalten, eine dieser Teufelsmaschinen zu steuern, in der mein Bruder zu Tode gekommen war.

Ich sah sie machtlos gegenüber dem Standard der Zeit, in der jeder fähig sein musste, Auto zu fahren. Gerade als Lehrer und in einem Land, in dem jeder ein Auto besaß. Bei der ersten Fahrprüfung fiel ich durch, weil ich einen Fahrradfahrer umgefahren hätte, wenn der Prüfer nicht ins Lenkrad gegriffen hätte. Es war wahr, überall lauerten Gefahren. Aber im Gegensatz zu meiner Mutter war es mir egal. Ich war jung und fühlte mich unsterblich. Nach der zweiten Prüfung bekam ich den Ausweis und hätte allein Auto fahren dürfen, hätte ich eines besessen oder hätte mich mein Vater sein goldenes Fahrzeug benutzen lassen.

Wer Auto fahren konnte, den beeindruckte ein Mofa nicht mehr. Ich ließ es im Fahrradkeller der Schule stehen und fuhr mit Heiko im Bus, als ich wieder ein Wochenende bei ihm verbrachte. Er beleidigte mich, damit ich ihn intim anfassen konnte. Dieses Mal versteckten wir uns nicht in einer Kabine einer Toilette und unter keiner Bettdecke, wo uns jederzeit jemand überraschen konnte. Wir gingen in den Keller seiner Eltern und schlossen die Tür hinter uns ab. Er öffnete nicht nur seine Hose, sondern zog sich ganz aus. Sein Schwanz war schon steif, bevor ich ihn anfasste. Er schloss die Augen, und ich betrachtete ihn, während meine Hand seinen Penis umschloss. Das Rauschen der Lüftung war das einzige Geräusch, bis Heiko etwas sagte. Etwas, was alles zerbrach: Du kannst mir ja gleich einen runterholen. Ich schaute ihn fragend an, und er fuhr weiter: Eine Bestrafung ist das nämlich nicht.

Diese zwei Sätze zerstörten die Welt, die wir zusammen aufgebaut hatten. Machte er sich lustig über mich? Oder wollte er wirklich einen Schritt weiter gehen? Ich hätte nur fragen müssen, aber ich konnte das Risiko nicht eingehen, sah mich gezwungen, Nein zu sagen. Weiter zu gehen, hätte bedeutet, mir einzugestehen, dass mir Freude bereitete, was wir taten. Wir wären dem näher gekommen, was die Gesellschaft so schlimm fand. Ich wusste nicht, ob er wirklich auf Männer stand, bei mir aber war es so. Doch was nicht ausgesprochen wurde, war nicht fassbar und existierte nicht wirklich.

Ich konnte nicht anders, als mich von ihm abzuwenden. Meine Gefühle für ihn wurden zu Abneigung. Als wir nach dem Sport im Internat duschten, warf ich ihm sein Badetuch in die Dusche, sodass es nass wurde. Er fragte mich, was in mich gefahren sei, was ich ihm getan habe. Ich lachte nur und verließ den Raum.

Ich holte meine Gitarre und zog mich zurück ins Untergeschoss, wo die Musikkojen lagen; kleine Räume mit runden Fenstern, durch die man sehen konnte, ob der jeweilige Raum frei war oder nicht. Der Ort war abgeschieden, ich fand dort Ruhe und Zeit für mich im starren Treiben des Internats, wo alles eng und nach Ordnung zu streben schien. Ich zupfte und schrammte auf der Gitarre und sang dazu. Die Wellen in meinem Kopf glätteten sich, und das Singen löste die Verspannungen der langen Tage. Ich schloss die Augen und ließ Songs entstehen, die den Raum füllten und die ich auf Papier zu fassen versuchte, solange sie lebendig waren und sich nicht wie Rauch wieder in Stille aufgelöst hatten. Heiko hatte ich aus meinem Leben geschmissen, den freien Platz füllte ich mit Klängen in Partnerschaft mit meiner Gitarre. Sie drangen durch mich hindurch, und ein Kribbeln erfasste mich; ich wurde lauter, und meine Hände bearbeiteten die Gitarre energischer.

Aus dem kleinen Rückzugsort drang die Musik in den Gang und wurde von Mitschülern wahrgenommen, bis der Junge, der für Veranstaltungen zuständig war, auf mich zukam. Man habe ihm erzählt, dass ich eigene Songs schreibe, und ob ich Lust hätte, ein kleines Konzert zu geben. Ich war selbstbewusst genug, um Ja zu sagen. Ich wusste nicht, dass es einen Zeitungsbericht geben würde und dass es die Aula war, in der ich singen sollte. Man hatte eine kleine Bar aufgestellt, der Raum füllte sich mit Mitschülern und Lehrern, und ich saß allein vor einem Mikrofon auf der Bühne und fühlte mich nackt. Ich piepste wie ein Vögelchen und zupfte verhalten auf der Gitarre. Die Leute klatschten, und eine Bierflasche rollte über den Boden. Die Energie im Raum fand ihren Weg auf die Bühne, und ich griff mutiger in die Saiten, meine Stimme befreite sich und dröhnte aus den Lautsprechern. Es war mir nicht vergönnt, nicht aufzufallen. Ich war nicht nur der Snowboarder mit der heißen Exfreundin und dem frisierten Mofa, jetzt war ich auch der Kerl, der die Aula mit eigenen Songs geflutet hatte und dem man noch Tage danach im Gang zunickte.

Weil ich im Unterricht nicht mehr neben Heiko saß, setzte sich Volker neben mich, der Hobbyfotograf, den ich jeweils am Wochenende in die Berge schleppte. Das Snowboarden hatte ihn verändert; er hatte sich die Haare wachsen lassen und pilgerte täglich zur Kirche, um in einem toten Winkel einen Joint zu rauchen. Auch er spielte Gitarre und drängte sich zu mir in die Musikkoje, wenn ich mich wohlig in meinen eigenen Klängen suhlte. Ich schenkte ihm etwas Raum, und wir spielten zusammen bereits existierende Lieder, bis uns die Idee kam, damit etwas Geld zu verdienen. Wir nahmen unsere Instrumente und liefen in die Stadt, wo wir uns vor das Einkaufszentrum setzten, ein Bier tranken und ich meine Mütze umgedreht vor uns auf den Gehweg legte. Wie auf der Bühne war es anfangs peinlich, dann wirkte der Alkohol, und es fing an, Spaß zu machen. Nach zwei Stunden setzten wir uns in eine Kneipe und zählten die Münzen, die in der Mütze gelandet waren. Es reichte nicht nur für zwei Longdrinks, es war noch Geld übrig.

Was gut war, sollte noch besser werden, fanden wir und gründeten eine Band. Ich schrieb die Songs und sang, Volker war die zweite Stimme, und unter den Mitschülern fanden wir einen Drummer, der sich hinter das Schlagzeug setzte, das im Übungsraum für Bands stand. Wir durchschritten die Tür, an der »Jazzkeller« stand und die für mich immer wie der Baum der Versuchung im harmlosen und gepflegten Garten war. Der Schritt durch diese Tür würde mich ins Verderben führen und aus dem bescheidenen Paradies werfen, das ich mir so mühsam aufgebaut hatte. Aber das konnte ich damals nicht ahnen.

Mein zwanzigster Geburtstag stand an, und Volker wollte ihn in diesem Keller feiern, zusammen mit vier Snowboardern aus der Gegend, darunter zwei Mädchen. Es war das Wochenende vor den Sommerferien. Alles, was nicht in die Schule gehörte, hatte abends und am Wochenende im Gebäude nichts zu suchen. Zuoberst auf der Verbotsliste stand das weibliche Geschlecht. Aber weil wir dachten, dass an diesem Wochenende kaum jemand in der Schule sein würde, weil alles freudig in die Sommerferien abgehauen war, schien uns das Risiko gering. Wir ließen uns nicht mehr so leicht einschüchtern, unsere Angst vor der Obrigkeit hatte an Dominanz verloren, und die gelebte neue Freiheit machte uns unbekümmert. Die langen Sommerferien standen an, das Internat schien leer, und der Jazzkeller war die anarchistische Insel im klar geregelten Meer der Schule.

Zwanzig Jahre alt zu werden, war für uns so groß, dass wir es feiern mussten. Das Internat war unser Zuhause geworden, und zu Hause zu feiern, schien uns nur natürlich. Zwanzig Jahre überlebt, darauf stießen wir an. Volker rauchte einen Joint, wir anderen tranken Bier. Das Licht am Ende des Tunnels leuchtete hell, es schien so nahe – das Ende der Gefangenschaft –, das Diplom, das uns die ganze Freiheit der Welt versprach. Mit zwanzig Jahren hätte man mich vielleicht als Mann bezeichnen können, doch ich war es nicht, zumindest nicht für mein Umfeld; ich hatte mich so sehr an die kindlichen Regeln gewöhnt, die mich umschlossen, dass ich mir nicht mehr bewusst war, wie eng mein Radius tatsächlich war.

Es reichte, dass wir aus der Schulküche vier Scheiben Brot klauten und zwei Mädchen anwesend waren, um alles, wie auf Sand erbaut, in sich zusammenstürzen zu lassen. Volker und ich fuhren am Sonntag nach Hause in die Ferien, die Sonne schien, die Vögel zwitscherten, und ich war zufrieden mit der Welt. Wir ahnten nicht, dass ein im Internat anwesender Schüler die Mädchen auf dem Weg zum Klo gesehen hatte. Ein anderer meldete, dass eines der Brote fürs Frühstück angeschnitten gewesen war. Ich saß zu Hause in meinem Zimmer, schrieb fürs Snowboard-Magazin und sah nicht, dass Wolken aufzogen und sich ein Sturm anbahnte, der grausam über mich hereinbrechen würde.

Das Telefonat von der Schule riss meine Mutter aus ihrer Lethargie auf dem Sofa. Als hätte sie nur darauf gewartet und als wäre es unser Schicksal, dass wir alle in die alten Rollen zurückfinden mussten. Die Schule erwartete eine schriftliche Stellungnahme von mir. Ich erzählte meiner Mutter, wie es tatsächlich gewesen war. Genau so sollte ich es der Schule schreiben, befand meine Mutter. Dass ich dabei Volker belastete, schien sie nicht zu kümmern. Wahrheit gegen Freundschaft. Es war unfair, aber ich hatte keine Wahl. Meine Eltern standen groß wie ein Berg hinter mir, als ich die Wörter auf Fridolin tippte; meiner alten Schreibmaschine. Die Party war Volkers Idee gewesen, und er hatte die Mädchen eingeladen. Ich hatte nicht einmal Brot aus der Küche gegessen. Mein einziges Verbrechen war es gewesen, anwesend zu sein. Ich log nicht, aber die Wahrheit zu sagen, war genau das Falsche, denn ich ahnte, dass man es als feigen Versuch sehen würde, die ganze Verantwortung auf den anderen zu schieben.

Mit dem, was dann kam, hatte ich aber nicht gerechnet: Volker und ich wurden aus dem Internat geschmissen. Ich sah meinen Vater das erste Mal schreien, sein kleiner Kopf schwoll an und drohte zu explodieren. Er wütete so laut, dass er meiner Mutter die ganze Empörung abnahm und sie sich wieder der Aufgabe widmen konnte, in der sie so geübt war: mich allumfassend zu kontrollieren. Man erlaubte Volker und mir, dass wir weiterhin zur Schule kamen, wir mussten aber zu Hause wohnen. Das bedeutete nicht weniger, als dass ich wieder in der Obhut meiner Mutter war. Ich hatte so viele kleine Schritte in ein weniger bestimmtes Leben getan, aber der eine war zu viel gewesen. Man steckte mich wieder in das dunkle Loch, wo mir nichts anderes übrig blieb, als frustriert und gelähmt die Tage bis zur endgültigen Freilassung zu zählen.

Dass es ein schöner Sommer war, kriegte ich nur mit, wenn ich auf die Terrasse ging. Ich war zu groß für den Gokart und zu alt, um vor dem Haus auf dem Spielplatz zu spielen. Das Einzige, was mir zugesprochen wurde, waren kurze Spaziergänge durchs Viertel. So wurde die Zigarette zum Höhepunkt des Tages und zum Symbol erstickten Widerstandes.

Die erste Schulwoche nach den Ferien verbrachte meine Klasse in einem Tagungszentrum. Man nannte die Woche Besinnungstage. Die Konfrontation hätte kaum größer sein können. Ich war der Verbrecher, der vorgeführt wurde. Jeder wusste Bescheid, und ich konnte Volker nicht in die Augen sehen. Keiner wollte mit mir das Zimmer teilen, es blieb nur der Außenseiter der Klasse, der sich mit mir aus Not verbünden musste; denn bei der freiwilligen Zimmereinteilung waren nur wir zwei übrig geblieben.

Die Klasse saß im Kreis, und ein Pater versuchte, Besinnliches in uns zu wecken, was ihm nicht gelang. Was denn los sei, fragte er, und der Klassensprecher informierte ihn. Natürlich, es ging um den Verrat, den ich begangen hatte. Alle starrten mich an, und der Pater fragte, ob ich etwas dazu sagen wolle. Ich erzählte, dass meine Mutter mich gezwungen hatte, diese Stellungnahme zu schreiben. Meine Worte erstickten in Tränen, weil ich keine Kraft mehr hatte. Ich sah alles in Trümmern und keine Möglichkeit mehr, mich irgendwie aufzurichten. Meine Mitschüler erkannten das, und die Stimmung im Raum kippte. Ich spürte die Hände meiner Sitznachbarn meine Schultern berühren, und Volker fragte, ob ich mich noch allein mit ihm unterhalten wolle. Ich fühlte mich nackt und klein und war dankbar für jede freundliche Geste. Der Pater ließ mich mit Volker ins hauseigene Café gehen, wo wir uns wieder aneinander herantasteten und es irgendwie gelang, sogar ein bisschen zu lachen. Ich war erleichtert, denn ich wäre fast erstickt. Es war ein grässliches Erwachen aus einem schöneren Leben gewesen, zurück in den Albtraum, als den ich mein Leben empfand.

weit entfernt: amerika

Die kurze Unbeschwertheit meiner Jugend war zu Ende. Ich hatte jeden Morgen zu früher Stunde aufzustehen und im Zug durch das Land zu fahren, während meine Kameraden noch im Internat schliefen. Zu jung, um Entscheidungen zu fällen, aber alt genug, das Land verteidigen zu können, wurde ich zur Musterung gerufen, wo ich beim körperlichen Eignungstest als untauglich für den Wehrdienst eingestuft wurde. Meine Augen seien zu schlecht, hieß es.

Ich war froh, aber meinem Vater fiel es schwer, die Enttäuschung zu verbergen, hatte er doch als Hauptmann mit einem Sohn, der Oberstleutnant war, mit mir als Letztgeborenem einen Untauglichen gezeugt. Meiner Mutter war es egal, sie lag wieder auf dem Sofa und konzentrierte sich auf etwas, das sie autogenes Training nannte. Sie hatte eine Kassette in ihr kleines Gerät geschoben und wiederholte, was eine Stimme ihr vorsprach. Ich bin stark, kam es aus dem Gerät. Ich bin stark, sagte sie. Während mein Vater an seinem Schreibtisch saß und mit Kopfhörern Jazz hörte. Zu sagen hatten sich meine Eltern nichts, auch beim Abendessen wurde kaum gesprochen. Es gab Brot, Pizza aus dem Tiefkühlregal oder Pasta mit Fertigsauce. Sonntags musste ich wieder in die Kirche, weil Religion noch jedem geholfen hatte, auf den rechten Weg zurückzufinden.

Du wirst in den Ferien den Papst besuchen, sagte meine Mutter und sprach von einem Weltjugendtag, an dem ich teilnehmen würde, wie sie entschieden habe. Jugendliche aus der ganzen Welt pilgerten einmal im Jahr an einen stets wechselnden Ort, um eine Messe mit dem Papst zu feiern. Ich war entsetzt, bis sie sagte, wo der Event dieses Jahr stattfinden würde. Nie hätte ich gedacht, dass mich ausgerechnet die Religion ins gelobte Land führen würde – Amerika. Zusammen mit anderen Jugendlichen aus meiner Heimat hob ich in einem riesigen Flugzeug ab und überquerte den großen Ozean, der mich von allem trennte, was schön und frei war. Am Flughafen von Denver wurden wir von einem gelben Schulbus abgeholt, dessen Kindersitze so klein waren, dass wir die Beine an die Oberkörper pressen mussten. Der Bus fuhr uns nach Boulder, einer kleinen Stadt außerhalb von Denver, wo man uns in einer Schule unterbrachte.

Am Abend saß ich neben einem schlaksigen Jungen im Hof der Schule unter dem Fahnenmast mit einer wehenden US-Flagge und überzeugte ihn, am frühen Morgen mit mir abzuhauen und nach Denver zu fahren. Dort wollte ich einen Skatershop suchen und mir Klamotten kaufen, die es in der Schweiz nicht gab. Ich sagte ihm, dass wir doch Amerika erkunden müssten, wenn wir schon mal hier seien. Er schien nicht begeistert, doch ich versprach ihm, dass wir zurück sein würden, bevor es Frühstück gab.

So türmten wir, als alle noch schliefen, fanden den öffentlichen Bus und fuhren nach Denver, das an Dimensionen alles überstieg, was ich kannte. Ich fragte eine Frau, wo wir einen Skatershop finden könnten. Sie war ganz angetan, als sie erfuhr, dass wir wegen des Papstes hier waren, erkundigte sich für uns und führte uns sogar zu dem Laden. Ich kaufte zwei T-Shirts, eine Basketballmütze und eine kurze Hose. Zurück in Boulder, wurden wir beschimpft, weil wir beim Appell nicht erschienen waren. Es war mir egal, ich war endlich in Amerika.

Ich aß den ganzen Tag Fastfood, denn »McDonald's« war Hauptsponsor des Spektakels. Denver war mit Jugendlichen aus der ganzen Welt geflutet, man sprach von einer Million Besuchern. Wir liefen wie ein Schwarm Küken unserer Leiterin hinterher, die uns auf einen riesigen Highway führte, der für uns abgeriegelt worden war. Die Sonne brannte auf unsere Köpfe, und eine Ambulanz fuhr hin und her, um die Jugendlichen einzusammeln, die in der Hitze zusammengebrochen waren. Eine Wallfahrt auf einer Autobahn; das gab es nur in Amerika. Im Nichts hatte man eine riesige Bühne aufgebaut, vor der sich die unendliche Masse an Jugendlichen sammelte und über die drei große Hubschrauber kreisten. Es ist der Papst!, hieß es. Die Hubschrauber landeten, und ein alter Mann wurde in einem gläsernen Kasten durch das Menschenmeer vor die Bühne gefahren, wo ein nicht enden wollendes Spektakel begann. Es spielte sogar eine christliche Rockband.

Im Flugzeug zurück schwirrte mein Kopf; ich hatte neue Eindrücke gesammelt und trug eines der T-Shirts, die es nur in Amerika gab. Ich überlegte mir, was ich mit der Zukunft anfangen sollte, denn das Diplom war nur noch eine Armlänge entfernt. Als Lehrer zu arbeiten, schien mir unlogisch. Ich wollte keine vorbildliche Figur sein, kein Kontrollorgan. Ich wollte nicht Kinder unterrichten, ich wollte die Welt entdecken. Die Entscheidung fiel mir nicht schwer; ich hatte das Angebot, als Redakteur beim Snowboard-Magazin zu arbeiten. Eine neue Stadt, eine eigene Wohnung, das schien mir ein guter Anfang zu sein. Mit diesen Zukunftsaussichten landete ich in der Heimat und trat den letzten Abschnitt eines Weges an, der mich durch verschiedene dunkle Gefangenschaften in die Richtung eines hellen Ausganges geführt hatte, der bereits sein Licht auf mich warf und der mir den Willen gab, es bis zum Schluss durchzustehen.

Ein Mitschüler heiratete, damit er wie ich außerhalb der Schule wohnen konnte, denn das war außer Volker und mir als Bestraften nur verheirateten Schülern erlaubt. Für Frank war Freiheit, was für mich Gefängnis war. Er zog zu seiner Frau, die in Luzern wohnte wie ich. Wir saßen frühmorgens gemeinsam im Zug; ich staunte, dass ihm das lieber war, als noch im warmen Bett im Internat zu liegen. Frank sagte, er sei zu alt, um ein Kind zu spielen. Wie ich wollte er nichts mehr, als das Ganze schnell abschließen. Auch unsere Ausdauer und Bereitschaft kannte Grenzen.

Kurz vor dem Ziel hieß es nun rennen, was die Beine hergaben, und die Zähne zusammenbeißen. Wir setzten uns jeden Abend am heimatlichen See in ein ausrangiertes Dampfschiff am Hafen, das nun als Restaurant geführt wurde. Mit Rucksäcken schleppten wir prall gefüllte Ordner an, deren Inhalt zu lernen war. Fünf Jahre Unterricht in den Kopf drücken, täglich, bis es zu den Ohren herauskam und ich mich mit brummendem Schädel ins Bett legte, um eine gefühlte Minute später wieder aufzustehen. Frank und ich gaben uns gegenseitig die Kraft, die Freizeit langer Monate ohne Unterbrechung lernend durchzustehen. Wenn ich zusammenzubrechen drohte, erinnerte er mich daran, was auf dem Spiel stand, und umgekehrt. Es konnte nicht sein, dass alles für nichts gewesen war – fünf Jahre lang waren wir unterdrückt gewesen und hatten nonstop gefressen, was man uns ins Maul geschoben hatte. Wir käuten den ganzen Mist wieder, kotzten und stopften es zurück ins Gehirn, das glühte und zu verbrennen schien.

Ich saß schwitzend im Schulhausgang und wartete, bis man mich hineinrief und ein Lehrer und eine mir fremde Person als Kontrollorgan mein Wissen prüften, mich ausfragten und mich dabei kritisch und böse anschauten, als würde ich alles falsch machen. Schriftliche und mündliche Prüfungen wechselten sich ab, ich stand an der Wand und wurde beschossen; es blieb mir wieder nur eines – schneller zu sein. Schneller zu lernen, schneller zu antworten und schneller den Kopf frei zu machen, um mir den Inhalt des nächsten Ordners einzuverleiben. Nachts quälten mich Träume, in denen ich vor den Lehrern stand und keine Frage beantworten konnte. Im Traum verschlief ich die Prüfungen oder hatte vergessen, mir etwas anzuziehen, und stand nackt vor dem prüfenden Organ. Ohne Frank hätte ich es nicht geschafft; er war für mich wie ein Bruder; Leidensgenosse und Mitkämpfer. Zusammen war es uns gelungen, nach dem grässlich wütenden und lang andauernden Sturm noch zu leben.

Die letzte Prüfung war hinter uns, und die ganze Klasse wanderte geschlossen den Berghang hinunter, an der Kirche vorbei zum See. In einer Kneipe saßen wir wie Zombies mit einem Bier in den Händen, das wir vor Erschöpfung fast nicht heben konnten. In den nächsten Tagen zitterten wir noch, und jeder Gedanke tat weh, denn unsere Gehirne waren verstopft, und es war nicht einfach, den ganzen Mist wieder hinauszukriegen. Hatten wir es geschafft? Hatte ich es geschafft? Es hieß, wer nicht informiert werde, gehöre zu den Glücklichen, die als Lehrer in die Welt hinaustreten könnten. Es musste nur einer zum Direktor; mein alter Kumpel Volker. Vielleicht hatte er zu wenig gelernt oder zu viel gekifft. Wenn ich ihm im Gang begegnete, war es unangenehm. Was konnte ich sagen? Es tut mir leid? Oder sollte ich einfach lächeln und so tun, als wäre der Weltuntergang nichts Schlimmes? Ihm war nicht vergönnt, was ich fühlte: So langsam fielen ganze Brocken schwerer Last von mir. Ich konnte es kaum fassen; wie konnte es sein, dass plötzlich da war, was vorher jahrelang nur in weiter Ferne existiert hatte?

Man reichte mir auf der Bühne der Aula das Diplom. Ich trug einen neuen Anzug, meine Eltern waren im Publikum, neben ihnen saß mein verschollen geglaubter Bruder. Die Lehrer boten uns das Du an – jetzt sei man Kollegen. Im Atrium wurden Fotos geschossen, wir grinsten in die Kameras und hätten am nächsten Tag eines der Bilder in der lokalen Presse gefunden, wären wir nicht schon weg gewesen.

Wir trafen uns am Flughafen und bestiegen ein Flugzeug, das uns weg von allem bringen sollte, was plötzlich Vergangenheit war und man aus der Gegenwart vertreiben wollte. Wir hatten uns für die Diplomreise die griechische Insel Kos ausgewählt. Günstiger Strandurlaub, in dem man sich betrinken und im Meer plantschen konnte. Hätte es keine Lehrer gegeben, die uns begleiteten, und wären es Freunde und nicht nur Leidensgenossen gewesen, wäre es vielleicht schön geworden. So einfach war es nicht, von einem Tag auf den anderen die Freiheit zu realisieren. Frank und ich weigerten uns, die Lehrer nun zu duzen. Das Du war persönlich, und Persönliches hatte für uns hier nichts zu suchen, nicht nach fünf Jahren, in denen wir etwas vorspielen mussten, um zu überleben.

Diese Woche bedeutete das Ende einer langen Kindheit. Wir stopften uns mit griechischem Essen voll; ich liebte den griechischen Salat mit den frischen Gurken, den Tomaten und dem milden Schafskäse. Der Wein war dunkel und süß. Am Abend saßen wir in der Hotelbar, grölten und ließen uns vom Barmädchen mit dem großen Busen riesige Drinks in allen Farben servieren. Wir kicherten, sangen und umarmten uns. Ich machte mit, doch verband mich mit den Kameraden weniger als mit einem jungen Griechen, der im Hotel arbeitete und mit mir an der Bar saß. Während ich durch einen Strohhalm einen Drink schlürfte, kamen wir auf unsere Eltern und auf unsere Mütter zu sprechen. Er sagte: Meine Mutter ist eine schrecklich schlechte Mutter. Aber ich liebe sie und respektiere sie. Durch sie bin ich gekommen, und dafür muss ich ihr immer dankbar sein. Ich verstand nicht, was er meinte, denn ich konnte meiner Mutter nicht dankbar sein, nur mir selbst für mein Durchhaltevermögen und meine Unfähigkeit, sie umzubringen.

Der Mond leuchtete hell, und das Meer war eine schwarze glänzende Masse, als ich mich mit den anderen am Strand auszog und nackt ins kalte Wasser rannte. Die Nacktheit im geheimnisvollen Großen, das mich umschloss und so mächtig schien, als könnte es mich jederzeit in die Tiefe ziehen, erregte meine Gefühle. Gefühle, als würde ich sterben. Als ich an Land kletterte, fühlte ich mich wie wiedergeboren. Als wäre etwas gestorben, damit etwas Neues entstehen konnte.

Die Taschen waren schon längst gepackt, ich sagte meinen Eltern Tschüss, betrat den Lift und ließ alles Bekannte mit dem Schließen der Tür hinter mir zurück. Ich fuhr stundenlang Zug und fühlte mich frei, als ich in der Stadt Chur, zwischen hohen Bergen in den Keller eines Skatershops einzog. Ich war endlich weg aus Zucht und Bestimmung. Ich hatte Zeit für mich, hatte beim Magazin nur eine Teilzeitstelle angenommen. Die Redaktion befand sich in einem schicken Neubau, und ich hatte ein eigenes Büro mit einem bequemen Lederstuhl. Nachts musste ich im Keller in eine leere Flasche pinkeln, weil es kein Klo gab. Es war jedoch nur für eine kurze Zeit, denn ich fand schnell eine eigene Wohnung, die günstig genug für mich war. Sie lag in Rhäzüns, einem Kaff in den Bergen, das man nur mit einer langsam kriechenden Bahn erreichen konnte. Das beliebte Mineralwasser, das von hier kam, floss in meiner Wohnung direkt aus dem Hahnen und durchströmte frisch und eiskalt meine

Kehle, die so durstig gewesen war: nach dem eigenen kleinen Reich, der eigenen Bleibe.

Dass die Wohnung schiefe Wände hatte, störte mich nicht. Das Klo teilte ich mit dem einzigen Friseurladen im Dorf, der sich im gleichen Haus befand. Draußen weideten Schafe, und der Himmel war schmal – auf beiden Seiten schossen steile Berge in die Höhe und klemmten uns im Tal ein. Ich klaute einen Aschenbecher aus einem Lokal und kaufte mir zwei gebrauchte Sessel und eine Matratze. Jeden Morgen fuhr ich mit der kleinen Bahn in die Stadt hinunter und setzte mich auf den bequemen Bürostuhl. Lehmann, der Herausgeber des Magazins, erzählte, dass sich jemand gemeldet habe, der einen Snowboard-Verein für Homosexuelle gegründet hatte. Er fragte, ob ich ihn treffen wolle, um einen kurzen Bericht zu schreiben. Ich konnte es nicht glauben. Da war jemand, der sich als schwul bezeichnete. Der Typ war klein und dick, ich saß ihm gegenüber in einem Café und starrte ihn an. So sah also ein Schwuler aus. Eigentlich ganz normal, fand ich.

Der zweite Schwule, dem ich begegnete, war dagegen alles andere als gewöhnlich. Ich bestieg abends die Bahn zurück nach Rhäzüns. Sie war praktisch leer, einzig eine dunkle Figur mit langen Haaren, ganz in schwarzes Leder gekleidet, saß im Wagen, den ich bestiegen hatte. Sein Anblick beunruhigte mich, und ich ging einen Wagen weiter. Die Bahn setzte sich in Bewegung, und kaum hatte ich mich gesetzt, erschien der Mann in Leder, setzte sich ins Abteil gegenüber und starrte mich an. Er verströmte einen süßlichen Geruch, und das Leder seiner Kleidung quietschte bei jeder Bewegung. Ich schaute aus dem Fenster, sah aber nur mein Spiegelbild, weil es draußen dunkel war. Im Fenster sah ich auch, wie der Mann seine Hosen öffnete und zu masturbieren begann. Ich vergaß zu atmen, als er aufstand und sich zu mir ins Abteil setzte. Seine Hände fingen an, nach mir zu greifen. Ich hätte aufstehen sollen, doch ich war wie gelähmt. Das Einzige, was ich konnte, war, seine Hände wegzuschlagen. Er stand auf, ging ins Abteil hinter mir und griff über den Sitz nach mir. Das pumpte endlich Energie in mich, brach meine Lähmung; ich sprang auf und rannte zum Ausgang. Da war die Station, an der ich aussteigen musste. Ich flüchtete in die nächtliche Dunkelheit und hörte hinter mir die Bahn abfahren. Rhäzüns lag wie verlassen da, wenige Straßenlampen leuchteten spärlich, eine flackerte, als ich zwischen den kleinen Häusern hindurcheilte und mich immer wieder umdrehte. War der Teufel ebenfalls ausgestiegen? Folgte er mir im Schatten der Dunkelheit? Ich rettete mich zwischen die schiefen Wände meiner Wohnung und verkroch mich im Bett. Gefährliche Stille umhüllte mich. Ich dachte daran, die Bahn nicht mehr zu benutzen.

Ich kaufte mir für wenig Geld ein gebrauchtes Auto, der Nebel zog ins Tal, und es wurde kalt. Morgens wollte mein Wagen nicht anspringen, und ich musste meinen Nachbarn bitten, ihn anzuschieben. Ich fuhr durch den Nebel über die gewundene Straße und sah erst im letzten Moment, dass eine Kuh auf der Straße stand. Ich trat auf die Bremse, aber es war zu spät. Die Kuh landete auf meiner Motorhaube und dann neben dem Auto auf dem Boden. Sie sprang auf und verschwand im Nebel. Ich umklammerte das Steuerrad und spürte feinen Regen im Gesicht. Die Motorhaube war eingedrückt, das Fenster neben mir nur noch ein leeres Loch. So fuhr ich in die Stadt und ließ mir dort das Fenster mit Folie zukleben. Mehr könne man nicht machen, sagte der Mechaniker, die Karre sei Schrott. Immerhin fuhr sie noch, dachte ich.

Ich zwang den Wagen die Straßen der umliegenden Berge hinauf, um wirklich jede Seilbahn zu erreichen, die mich auf abgelegene und noch steilere Hänge bringen konnte, um sie auf meinem Brett hinunterzusurfen. Ich blondierte mir die Haare und brach auf dem Klo in meiner Wohnung zusammen, weil ich nicht gewusst hatte, dass die Kekse, die mir jemand geschenkt hatte, high machten. Ich hatte die ganze Tüte auf einmal gegessen. Am Karneval zog ich die Klamotten der Mutter eines Freundes an und lief als Frau durch die Stadt. Wir waren genug betrunken, um am frühen Morgen auf der Bühne eines Striplokals zu landen, wo wir uns bis auf die Unterwäsche auszogen, beklatscht von den Girls, die eigentlich an unserer Stelle hätten tanzen sollen. Ich erlebte in wenigen Wochen mehr als in den ganzen vergangenen Jahren. Beruflich musste ich zu allen Snowboard-Events und brauste einmal neben einem Mitarbeiter in dessen Sportwagen über verschneite Straßen. Er fühlte sich als Rennfahrer und gab an, dass es nur eine Frage der Fahrtechnik sei, dass der Wagen nicht ausbrach. Der Wagen brach aus. Mein Kollege drehte wild am Steuerrad, doch wir hatten keine Chance; das Auto schlingerte immer mehr, und meine Hände pressten sich gegen die Armatur, als wir gegen die Leitplanke krachten. Wir hatten mehr Glück als mein Vater, es starb niemand, und wir konnten leicht benommen, aber unverletzt aus dem Auto steigen. Es war noch nicht Zeit dafür, neben meinen Bruder ins Grab mit der metallenen Sonne gelegt zu werden.

Im Gegenteil, es war Zeit, aus dem Schatten eines Verstorbenen zu treten und einem Schwulen zu begegnen, der mir gefiel. Er war jung, Kolumbianer und arbeitete in einer kleinen Bar, wo ich manchmal ein Bier trank. Seine Augen zogen mich aus, er machte mir Komplimente und schenkte mir eines Abends Rosen, was mir peinlich war. Seine Eltern hatten ihn adoptiert, als er noch ein Baby gewesen war. Sie betrieben ein Hotel in den Bergen, wo ich ihn besuchte und er mich in eines der Zimmer führte. Im Raum brannten Kerzen, und ein Kassettengerät spielte ruhige Musik. Es war kitschig, aber es gefiel mir. Seine Mutter brachte uns Cocktails, und es war, als wäre es das Natürlichste der Welt, schwul zu sein. Er zog mich aus und begann mich mit seiner Zunge zu liebkosen, bis mein Kopf erlaubte, was so lange hatte warten müssen: Sexualität ohne Unterdrückung und schlechtes Gewissen. Ich war schwul, und ich war nicht der Einzige. Das befreite mich aus dem Keller meines bisherigen Seins und führte mich zum ersten Orgasmus zu zweit.

Ich kaufte mir einen kleinen Fernseher und stellte ihn neben das Bett, wo er mein Fenster zur Welt wurde. Ich hüllte mich in eine Decke und schaute einen Film nach dem anderen, bis ich im Kopf selbst in den Filmen mitspielte. Es war nur ein Traum, und ich realisierte, dass ich in der Realität immer noch im falschen Film war. Ich hatte Rollen für die anderen gespielt, jetzt wollte ich eine für mich spielen. Ich wollte Hauptdarsteller in einem richtigen Film sein. Filme spielten in Amerika, und deshalb musste ich dort hin. Am besten nach Hollywood, denn da wurden die größten Filme gedreht. In Kalifornien schien immer die Sonne, und es gab nichts, was dort unmöglich war. Ich hatte genug vom schmalen Himmel und den einengenden Bergen, die in meiner Heimat zwischen mir und der Welt standen, egal, wohin ich ging. Ich hatte jetzt alle Freiheit der Welt, da reichte Snowboarden, eine eigene Wohnung und ein Auto nicht mehr. Hollywood war meine Bestimmung.

Ich hatte keine Zeit zu verlieren und kündigte meinen Job. Lehmann verstand mein Bedürfnis und half mir, ein Journalistenvisum für die USA zu kriegen; irgendwie musste ich ja Einlass in meine Zukunft finden. Ich buchte einen Flug nach Los Angeles und reservierte ein Hotelzimmer und einen Mietwagen. Ich rief Volker an, meinen alten Leidensgenossen aus dem Internat, und teilte ihm mit, dass meine Tage in der alten Welt gezählt waren. Er besuchte mich, und das erste Mal machte es Sinn, dass ich zwei Sessel gekauft hatte. Ich rauchte eine Zigarette, er einen Joint, und wir konnten nicht anders, als uns wie damals gefangen zu fühlen. Er beneidete mich, denn ich konnte fliehen. Vielleicht war er ein wenig sauer, denn ich ließ ihn zurück in einer Gegenwart, die für mich Vergangenheit war. Ich prahlte mit großen Worten, bevor er in die Bahn stieg: Warte nicht auf mich, ich komme nicht zurück!

Ich schrieb meinen Eltern einen Brief und informierte sie, dass ich mich aus dem Staub machen werde. Ich schrieb auch, dass ich schwul war und sie sich erst melden sollten, wenn sie es akzeptierten. Sie meldeten sich sofort und standen wenige Tage später vor meiner Tür. Wir spazierten ein bisschen durch die nahe Umgebung. Meine Eltern sagten kein Wort über meine Homosexualität. Los Angeles war ein Thema für meinen Vater, denn er war beruflich schon dort gewesen. Meine Mutter sagte nichts, bis wir in der einzigen Kneipe im Dorf das Menü bestellten. Pass auf, sagte sie, Amerika ist weit weg, und weit weg ist gefährlich. Sie wandte sich an meinen Vater und fragte ihn, ob es in Los Angeles auch Kirchen gebe. Sie stiegen in ihren makellosen goldenen Wagen und fuhren davon.

Mein zerbeultes Auto kam auf den Schrottplatz, ich packte meine paar Sachen in eine große Tasche und fuhr zum Flughafen. Ich betrat die große, weite Welt. Ohne dass meine Mutter mich zurückhalten konnte.

epilog

Ich brach auf, um die Welt kennen zu lernen und die neue Freiheit zu nutzen. In einer Reihe von Erfolgsstorys erfand ich mich in kürzester Zeit immer wieder neu, wechselte Milieus und Karrieren wie andere ihre Hemden. Es war ein schillerndes, hyperaktives Leben im Schnellzugstempo, immer wieder anders. Ein Leben auf der Flucht vor der eigenen Geschichte, die mich irgendwann einholte. Vielleicht einholen musste.

Meine Wanderjahre endeten in einer Angststörung. Ich ließ mich in eine psychiatrische Klinik einweisen, wo ich mit meiner Vergangenheit konfrontiert wurde. Die Psychiater diagnostizierten, der Grund für meine Störung liege mit ziemlicher Sicherheit in meiner Kindheit und Jugend. Das brachte meine Familie dazu, vermehrt zu kommunizieren. Aber erst während der Drehzeit zu »Electroboy«, einem Kinodokumentarfilm über mein Leben, waren meine Eltern bereit, wirklich über die Dinge zu reden.

In diesem Buch habe ich meine Sicht aufgeschrieben. Auch weil ich denke, dass meine Familie inzwischen so weit ist, die Seite des Kindes, das ich war, zu verstehen. Des Kindes, das an seiner Familie zu zerbrechen drohte, das nicht passen wollte, nicht passen konnte, vielleicht nie passen wird.

Ich liebe meine Eltern und meinen Bruder Claudius. Heute ist es mir endlich möglich, sie zu verstehen.

dank

Ich möchte der Literaturagentur Landwehr aus Berlin danken, dass sie mit der Idee für dieses Buch auf mich zukam und mich überzeugen konnte, es auch tatsächlich zu schreiben. Es war eine intensive Zeit, in der ich kaum Energie für anderes als das Schreiben fand. Ich danke meinem Partner Van Manh Nguyen, dass er mir dabei unterstützend zur Seite stand. Und ich danke meiner Verlegerin Gabriella Baumann-von Arx, der Lektorin Andrea Leuthold und allen anderen am Buch Beteiligten. Ich bin sehr froh, dass ich bei einem Verlag veröffentlichen darf, bei dem mir die Zusammenarbeit viel Freude bereitet und bei dem ich mich mit meiner Geschichte gut aufgehoben fühle.

*Unsere Bücher finden Sie überall dort,
wo es gute Bücher gibt, und unter
www.woerterseh.ch*

Claude Cueni
Script Avenue
Roman

640 Seiten gebunden
mit Schutzumschlag
13,5 × 21,2 cm
Print ISBN 978-3-03763-043-3
E-Book ISBN 978-3-03763-549-0

www.woerterseh.ch

In seinem autobiografischen Roman erinnert sich Claude
Cueni an seine mehr als abenteuerliche Lebensgeschichte,
die ihren Anfang in einem von religiösem Wahn, sexuel-
len Zwängen und Gewalt geprägten Milieu im schweizeri-
schen Jura nimmt. Eine Welt, aus der er sich schon als kleines Kind in seine eigene, die »Script Avenue«, flüchtet. Mit
viel Selbstironie und ohne den geringsten Funken Political
Correctness schreibt Claude Cueni von seinem Überlebens-
willen und zeichnet dabei in den ihm so eigenen, verblüf-
fend schönen Sätzen ein opulentes Gemälde von den Sech-
zigerjahren bis in die Gegenwart.
Die »Script Avenue« ist ein Feuerwerk an Komik und De-
saster und eine alle Sinne bezaubernde Betrachtung über die
Kürze des Lebens, die Vergänglichkeit aller Dinge und die
Versöhnung mit dem Tod.

»Ein Meisterwerk!«
FM François Mürner, Schweizer Radiolegende

Eine Auswahl unserer Bestseller

ISBN: 978-3-03763-074-7

#1

ISBN: 978-3-03763-085-3

#1

ISBN: 978-3-03763-065-5

#6

ISBN: 978-3-03763-051-8

#4

ISBN: 978-3-03763-001-3

#2

ISBN: 978-3-03763-068-6

#5

ISBN: 978-3-03763-043-3

#4

ISBN: 978-3-03763-024-2

#3

ISBN: 978-3-03763-304-5

#1

ISBN: 978-3-03763-075-4

#8

ISBN: 978-3-03763-076-1

#13

ISBN: 978-3-03763-064-8

#1